ラルーナ文庫

天龍皇子の妻恋

高塔望生

三交社

CONTENTS

Illustration

den

天龍皇子の妻恋

本作品はフィクションです。
実際の人物・団体・事件などにはいっさい関係ありません。

古より天界は四方に分かたれ、四界龍王と称される霊獣一族によりそれぞれ守護されてきた。東方に蒼龍王、西方には紅龍王が配され、そして南方は白龍王、北方は玄龍王がそれぞれ一族を率いて睨みを利かせている。

人間界において、長く龍神様として崇められてきた彼ら霊獣たちを統べているのは、天龍の一族を率いる霆穹皇である。

天龍は、真珠色に耀く身体に鷹のような翼を持ち、四肢に五本の爪を持つ。天地を自在に行き来し、水を蓄え、風を操り、雨を降らせる力を有する、まさに龍神の中の龍神。古来、天にも地にも、ひとたび争いが起きれば、天龍が嵐を巻き起こし雷を振るいこれを鎮めると言い伝えられている。

西暦一四九三年に起きた明応の政変により、室町幕府の権威は地に墜ち、その機能も決定的に失われてしまった。日本各地で戦乱が頻発し下克上の動きが恒常化してから、二十年あまりが過ぎた頃、魑魅魍魎が跋扈する京の都で運命の出逢いがあった。

それから、五百年の後の物語。

町外れの登山道近くにある駐車場は、駐車場とは名ばかりの空き地同然で、コンクリートの割れ目からは雑草が伸び放題になっていた。

出入り口では、すっかり色褪せ擦り切れた幟が力なく風に揺れ、古ぼけた自動販売機が一台、ブーンと疲れたような低い音を響かせている。

軽トラックやバンが数台駐車している横をガタガタとすり抜け、葦原凜久は奥まった一画に車を止めた。シートベルトを外しながら、フロントガラス越しにこれから入ることになる緑深い連山の姿をじっと見つめる。

山頂は、濃いガスに覆われていた。標高はそれほど高くないようだが、それなりに険しそうな山である。

その確固たる山の姿に、確かに見覚えがあった。

意志の強さを感じさせる、きりっとした黒目勝ちのアーモンドアイを、凜久はゆっくりと何度も瞬かせた。

この地へ来たのは、間違いなく生まれて初めてだった。

それなのに、強烈な既視感を感じる。絶対に、自分はここへ来たことがある。そう確信してから、ネットか何かで写真を目にしたことがあるだけかもしれないと考え直す。

でも、それにしては——。

「着いたのか?」

凜久の親代わりであり、仕事のパートナーでもある瑠多・亜羅哉が、伸びをしながらうっそりと訊いた。

新幹線を降りてすぐに借りたレンタカーが走り出した途端に、瑠多は助手席のシートを目いっぱい倒し爆睡していた。

黒のタートルネックに黒のジャケット、黒のスラックスと、全身黒ずくめの男をちらりと見やり、凜久は黙ってうなずいた。

ドアを開けた途端、雨を孕んだ風が吹きつけてきた。風は思いのほか冷たくて、首筋をすーっと撫でるように通り抜けていった。

肩を窄めるようにして歩き出した凜久を、瑠多が足音も立てずに追ってくる。

駐車場を出ると、道沿いに川が流れていた。流れる水は透き通っていたが、川幅が広いわりに水量はとても少なかった。ささやかな流れに、陽の光が反射して煌めいている。

あの川の水に、自分は確かに触れたことがある。不意に蘇った冷たい水の感触に、凜久は思わず錆びて歪んだガードレールを両手で摑み身を乗り出した。

初めて訪れた場所なのに、既視感を覚えることは別に珍しいことではない。

だが今日のそれは、あまりに生々しく凜久に迫ってくる。

「凜久？」

スラックスのポケットに両手を突っ込み、瑠多が怪訝そうに凜久の顔を覗き込んだ。

「碧川って、あれだよね。もっと大きな川かと思った」

「前は水量豊かな川で、ここらも蛍の里と呼ばれて観光客に人気があったらしい。過疎が進んで里山が荒れ、川の水も減ったんだろう。無駄な再開発なんかする前に、改めるべきことがあるだろうに」

瑠多の、ずけずけと歯に衣着せぬ物言いは、今に始まったことではない。

凜久は二十六歳の実年齢より、三、四歳は確実に若く見える甘く儚げな風貌に、微かな苦笑を滲ませ傍らの瑠多を見た。

「瑠多は人間が嫌いだもんね」

口調が少々寂しげに聞こえたのかもしれない。瑠多はちょっと慌てたように首を振った。

「人間による。玉石混淆。人間もいろいろだからな」

凜久の視線の先で憮然としている、野性的で精悍な風貌の渋い男は、実は人ではない。

瑠多は猫である。いや、元は猫だったと言った方が正しい。

遙か大昔、猫としてこの世に生を受けた瑠多は、猫並外れた寿命と資質に恵まれ、長年の修練を重ねた結果、ついには三本の尾を持つ猫魈となった。

猫魈の魈とは、すだま、精霊のことである。

要するに、猫の仙人化した存在のことで、瑠多に言わせると、妖怪猫股などとはまるで格の違う高尚な存在ということだった。

だから、一見三十五、六歳にしか見えない瑠多の実年齢は、推定で五百から六百歳といったところらしい。推定、というのは、瑠多自身にも自分が何年生きてきたのか、あまり定かではないからである。

普段は人型で過ごしていることが多いが、本来の猫の姿に戻った時の瑠多は、全身を艶やかでやや長めの深い闇を思わせる漆黒の毛に覆われている。

ただ、両耳の先端と胸元、三本ある尾の中で一番長い真ん中の尾の先に、煌めくプラチナブロンドの飾り毛が混じっていた。

瑠多は、凜久から数えて五代前に当たる爾示のソウルメイトだった。

葦原一族は、平安時代から続く祓魔師の家系である。

森羅万象を陰と陽の二つの気に分けて考える陰陽思想と、万物は木・火・土・金・水の五種類の元素から成っているとする、古代中国の自然哲学が結びついて生まれたのが陰陽五行思想である。

その考えに基づいて、占術や祭祀を司った人々のことを陰陽師と呼んでいる。

陰陽寮に属して朝廷に仕えた宮人の他に、民間で活動した人々も多くいた。

凜久の祖先は宮仕えを嫌い、ずっと市井にあって占術などは行わず、もっぱら悪霊や魔を祓う祓魔師として活動を続けてきたらしい。

連綿と続く葦原一族の中でも、特に優れた能力者だったといわれる爾示と、瑠多がどのようにして出逢ったのか、詳しいことを瑠多はあまり語りたがらない。

ただ、出逢った瞬間、ふたりは互いを唯一無二の存在として認識し強く惹かれ合ったのだという。もちろん、爾示は瑠多が人ならざる者であると見抜いていたが、それを承知の上で心から愛した。

だが残念なことに、爾示には幼い頃に親に決められた許嫁がいた。

まだ結婚はしていなかったものの、爾示は自分のことを一途に信じ愛してくれている許嫁を裏切れないと言った。

そして自分には、葦原を継ぐ者として家を護る責任があると――。

瑠多は、爾示の立場を尊重し、苦しい気持ちも理解し受け入れた。

そんな瑠多に、爾示は深い想いを込め『瑠多・亜羅哉』という名を授けた。

『ルタ』とはサンスクリット語で真実を、『アラヤ』は蔵を意味する。爾示の真実を唯一秘するもの、という意味が込められた名前だった。

以来、瑠多は猫魈として葦原を守護しつつ、戦争という災禍のために若くして輪廻の輪に呑み込まれた爾示の魂と、再び巡り逢う日を待ち続けている。

十代半ばで家族を失ってしまった凜久を、今日まで護り育ててくれたのも瑠多だった。

「疲れたなら、仕事は明日にしてもらうか？」

気遣わしげな声に、凜久は軽く肩を竦めた。

「明日は土曜日だから、工事の人もお休みなんじゃないかな。それに、ほら……」

川の上流側に架かったみどり橋を渡って、出迎えらしき男がひとり、こちらへ向かって歩いてくるのが見えていた。

「どうも……。葦原さんですか？　電話でお話しした杉浦です。遠いところ、お運びいただきありがとうございます」

満面に笑みを浮かべながら、杉浦と名乗った男は、凜久ではなく瑠多に向かって白髪交じりの頭を深々と下げた。

「葦原は僕です」

間違えられるのはいつものことで、特に意に介さず、凜久は一歩前へ進み出た。

「……えっ、あー、そ、それは……、失礼…しました。……そう…ですか……。はあ……。で、では、ご案内しますんでどうぞ……」

団栗のような目をパチパチさせて、凜久と瑠多を見較べてから、杉浦は先に立ってそそくさと歩き出した。

少々丸めた背中に、不安が滲み出ている。

こっそり視線を交わし苦笑してから、凜久は瑠多とともに山へ入っていった。

「昔、この辺りは水の便が悪く、耕作には適さない荒れ地だったんです。打ち続く戦乱で田畑は疲弊し、村人は皆、ひどく困窮していたそうです」

凜久たちを案内して山道を歩きながら、杉浦は古い伝承を語った。

「水晶ヶ池（きららがいけ）は、元はでろなず沼と呼ばれていました。でろなずってのは、ぬかるみのことです。言い伝えによると、一夜にして沼の畔（ほとり）にあった岩室が巨岩によって塞（ふさ）がれ、畏（おそ）れ怪しみつつ集まった村人の前に一頭の真珠色に光り耀く龍が降臨したそうです。その龍が、巨岩の、ここらじゃ龍ヶ岩（りゅうがいわ）と呼ばれてますが、龍ヶ岩の前に社を建てて龍神を祀（まつ）れば、沼の泥を澄んだ水に変えてやろうと言ったそうで。そこで、村の人々が龍のお告げに従い社を建立したところ、約束通りでろなず沼は澄んだ水を湛（たた）える水晶ヶ池となり、そこから碧川が流れ出るようになったと伝えられています。そのおかげで田畑は潤い、村は飢饉（ききん）から救われた」

「なるほど……。その社が、今回、再開発のために取り壊された龍ヶ守（りゅうがもり）神社ですね」

「そうです。山を越えて道路を通すことになりまして、どうしても邪魔だということで」

「昔はありがたがって崇め奉っていたくせに、再開発の話が出たら古ぼけた社なんかとっとと取り壊してしまう。罰当たりな話だ」

吐き捨てるように呟いた瑠多を、凜久は素早く目配せして制した。

「罰当たりと言われれば、まあ、確かにその通りなんです」

杉浦はばつが悪そうに言った。

「ただ、社の建物も古くなって傷みが酷く、倒壊の危険も出てきた。さりとて、修繕には相当の金がかかる。ご覧の通りの過疎の町で、この先の管理の問題もある。水晶ヶ池の水質が悪くなって、碧川の水量も減り蛍もいなくなってしまったし。どうしたもんかと困っていたら、ちょうど再開発の話が持ち上がったもんですから……」

首にかけたタオルで流れる汗を拭いながら、杉浦は口早に説明した。

瑠多の言いたいことも分かるが、人間である凜久には、社を取り壊した人々のやむにやまれぬ気持ちも理解できた。

俯きがちに、凜久は黙って山道を歩いていった。

「あれだな」

不意に立ち止まった瑠多の声に凜久が目を向けると、切り立った岸壁に半ばめり込むようにして、見上げるような巨岩がそそり立っていた。

巨岩のすぐ近くには、水晶ヶ池という名前が皮肉に聞こえるほど、淀んでしまった池がある。そこから少し離れた開けたところに、作業小屋らしきプレハブが建てられていた。

その前から、十人あまりの作業着姿の男たちがひとかたまりになってこちらを窺うように見ていた。多分、社の解体と岩の掘削を請け負った、土木会社の作業員たちだろう。

「東京からいらしてくださった、祓魔師の葦原先生だ」

男たちの方へ大股(おおまた)で歩み寄りながら、杉浦が声を張った。

紹介を受け、先ほどと同じように一歩前へ出た凜久がぺこりと頭を下げると、男たちの顔には一様にうろんな表情が浮かんだ。

「祓魔師の先生って、あっちの若い方なのか?」

「……ずいぶんとまた若いんだな。あんなんで、ほんとに大丈夫なのか……?」

手足が長く、ほっそりとしなやかな身体つきや、細面の小作りな顔のせいで、凜久は二十代後半になっても少年のような雰囲気を残していた。

それでなくとも、祓魔師などといえば、貫禄(かんろく)のある壮年の男を想像しがちのようで、凜久が頼りなく思われるのはいつものことで馴(な)れっこなのだが――。

「俺もちょっと驚いたんだが。福寿寺(ふくじゅじ)のご住職の紹介だしなあ。まあ、やってみてもらうしかないじゃろ」

風に乗って聞こえてしまった杉浦の心許(こころもと)なげな返事に、凜久はうっすら苦笑した。

古い社を取り壊した後、作業員たちは社の背後にあった巨岩の掘削にかかった。

ところが、作業を開始するとすぐに、発電機や削岩機が次々に壊れ動かなくなってしまった。その上、突然の豪雨にも見舞われ、作業は少しも捗(はかど)らない。

あげくに、積んであった社の廃材に雷が落ち燃え上がるという事件まで起きた。

幸いにも怪我人こそ出なかったが、これは社を取り壊した祟りではないのかと噂が立つに至った。そこで、関係者で相談して、お祓いをしてもらうことにしたらしい。

困った時の神頼みとはよく言われることだが、神の住まいである社を勝手に取り壊しておいて、祟られたから助けてくれとは、頼まれた神様もさぞや苦り切ったことだろう。

だからなのか、お祓いはまったく効果がなかった。

それればかりかお祓いをした神主も、自分の社に帰りつくなり寝込んでしまった。次に頼まれた神主は、前の晩に高熱を出し来られなくなった。

そこで急遽捜した代役の神主に至っては、出がけに階段を踏み外して足を骨折してしまい、ふたりともここまで辿り着くことすらできなかった。

これはいよいよ、龍神様の祟りに間違いない。

三人も続いて病人や怪我人が出ては、とても偶然とは思えないと、関係者の間にもさすがに動揺が広がった。

だが、新たにお祓いを頼もうにも、コトの顚末を聞いて腰が引けてしまったのか引き受け手が見つからず、巡り巡って凜久のところへ話が持ち込まれてきたというわけだった。

「あの岩は、龍ヶ守神社の御神体ではないんですか？」

凜久の問いに、杉浦はあっさりと首を振った。

「違います。龍ヶ守神社の御神体は碧川でした」

「ああ、そうだったんですね」

御神体とは、神が宿るところである。物とは限らず、古い歴史を持つ神社では、自然そのものが礼拝の対象となっていたりする。

田畑を潤す水を山から運んでくれる碧川を、人々は龍神の化身として崇めたのだろう。

御神体が物ではなく川だったことは、龍ヶ守神社にとっては不幸だったかもしれなかった。御神体が川なら、社を取り壊しても処分に困る『物』はないということでもある。

だからこそ、それほどのためらいもなく、社は取り壊されてしまったに違いなかった。

果たして、祟っていると言われるのは、ここに棲(す)まっていた龍神なのか、それとも——。

精神を集中し、凜久は十メートルほど離れたところから、どうしても破壊できないという龍ヶ岩と対峙(たいじ)した。

特に悪いものではない、と本能的に感じる。

ただ、底知れぬ深い哀しみと荒涼とした孤絶感が、離れて立つ凜久にまでひたひたと押し寄せてきた。御神体ではないという話だったが、古い伝承からも取り壊された社と深い繋(つな)がりがあるのは間違いない。

もう少し、龍ヶ岩に近づいてみようとした凜久の腕を、瑠多が素早く摑んで止めた。

「結界が張ってある」

耳元で低い囁(ささや)きがした。

「それも、かなり強力なやつだ。迂闊(うかつ)に近寄らない方がいい」

「中から？」

「いや……。これは外からだな」

そういえば、先ほど杉浦から聞いた伝承では、一夜にして岩室が巨岩で塞がれたとのことだった。そして、驚いて集まった村人の前に一頭の龍が降臨したのだと――。

「……ということは、何かが封じられてる？　龍はそれを見張っていたのか……」

「可能性はあるな」

だとすれば、龍はまだどこかに潜んでいるかもしれない。ここで起きた一連の祟りは、封印が解かれるのを防ごうとする龍の仕業かもしれなかった。

姿なき龍の姿を探すかのように、凜久は晴れた空を振り仰いだ。

真っ白な雲が、抜けるような青空をのんびりと風に流されていく。

ふと、誰(だれ)かに呼ばれたような気がして、凜久は視線を戻した。

声が聞こえたわけではないが、分厚い岩の向こう側に何かの気配を確かに感じる。

「……何かいる」

「ああ。それも、かなりでかい。どうする？」

目を閉じ、すっと息を吸い込み、再び精神を集中させると、凜久は静かに目を見開き龍ヶ岩へ向かって歩き出した。

止めても無駄だと思ったのか、瑠多がぴたりと寄り添うようについてくる。

胸元で素早く印を結び、災厄回避の祓詞（はらえことば）を唱えてから、凛久は龍ヶ岩にそっと手を当ててみた。

ゴツゴツと硬い岩肌を撫でると、指先からひんやりと痺（しび）れるような不思議な感触が胸の奥深くまで流れ込んできた。

その感触に胸の奥をぎゅっと掴まれたような気がして、凛久の心臓が強く拍動した。

同時に、岩に触れた凛久の掌（てのひら）を中心にして蒼白（あおじろ）い燐光（りんこう）が波紋のように広がった。

ハッとして手を離した凛久の眼前で、まるで息づくかのように岩肌が波打つ。

「凛久っ！」

瑠多が咄嗟（とっさ）に結界を張り、凛久を抱きかかえるようにしてその内側に庇（かば）い入れてくれた。

一瞬の後、凄（すさ）まじい地鳴りが轟（とどろ）き渡り、突き上げるような強い地震が襲ってきた。

立っていられないほどの激しい揺れの中、山全体を揺るがすような爆発音が響く。

凛久は瑠多の結界の中に庇われていたが、それでも空気がビリビリと振動するのが分かるほどだった。

そして、腹の底に響くような、何ものかの凄まじい咆哮（ほうこう）——。

瑠多に抱えられていた凛久が急いで振り向いた時には、龍ヶ岩はすでに木（こ）っ端微塵（ぱみじん）に砕け散っていた。

「凜久、怪我はないか」

「聞いた？　今の声……」

瑠多が小さくうなずいた。

あの声は、ここに封印されていたものの歓喜の雄叫びなのか、それとも長く封印を護り続けてきた龍の無念の叫びだったのだろうか――。

舞い上がった粉塵に遮られたのか、それまで燦々と降り注いでいた陽射しが急激に陰り、辺りは突然夜になったように真っ暗になっていた。

その真っ暗な空を切り裂くように、凄まじい稲光が走った。

稲妻に照らされ辺りが蒼白く光ると同時に、バリバリと腹の底に響くような音がする。

思わず空を見上げた凜久は、驚きに目を見開いた。

「瑠多、あれ……」

墨で染めたような黒雲に覆われた空に、七色に耀く虹がくっきりと目にも鮮やかに架かっていたのである。

「……あ、あれ、虹……だよね？　こんな状況で、虹が出るなんて……あり得ない……」

瑠多も啞然として、空を見上げている。

不意に、背後から「竜巻だ！」と悲鳴が聞こえた。

慌てて凜久が顔を向けると、ひしゃげたプレハブ小屋がまるで紙屑のように飛ばされていった。山が唸っているかのような風切り音がして、強風が吹きつける。

気温も一気に下がってきて、足元から冷気が這い上ってくる。前後して、バラバラと小石のような物が叩きつけるように降り注いできた。

「い、痛っ……」

「雹だ」と瑠多が言った。

見ると、地面に直径二、三センチはありそうな氷の塊が散らばっている。ふたりは慌てて、黒々と口を開けた岩室の中へ避難した。

続いて、杉浦たちも這々の体で飛び込んできた。

凜久は杉浦たちから離れ、ひとりゆっくりと岩室の中を見回した。

意外にも、岩室の中には清浄な暗がりが広がっていた。思いのほか天井が高く、広さは優に二十畳あまりはありそうだった。

でも、岩を間に挟んで対峙した時に感じた何ものかの気配は、拭い去ったように消えてしまっている。

「ここには、もう何もいない」

凜久の呟きに、近寄ってきた瑠多が小さくうなずいた。

「ああ。仕事は終わりだな」

　凜久は、描いたような眉を微妙に寄せた。

「仕事なんか、何もしてないじゃない」

「さあ、それはどうかな」

「どういう意味？」

　小声で言い合うふたりに、入り口近くで空模様を窺っていた杉浦が、青ざめ強張った表情で近づいてきた。

「いや、驚きました。祓魔師の力ってのは、凄まじいもんなんですな」

「……いえ、僕は……」

「まあこんなものだ。特に悪いものではなかったようだし、もうしばらくすれば天気も回復するだろう」

　何もしていないと言いかけた凜久を遮って、瑠多が横からしれっと言ってのけた。

「これでもう、ここの開発を妨げるものはなくなった。ただ、社を壊して産土神を追い出してしまったわけだから、再開発事業が滞りなく軌道に乗るかどうか保証はできない」

「瑠多」

　ずけずけと言う瑠多を慌てて制し、凜久は小さく頭を下げた。

「すみません、失礼なことを……。悪いものでなかったことは確かですが、ここに何が封じられていたのかまでは分かりませんでした。でも、今はもうなんの気配も感じられません。おそらく、どこかへ飛び去ってしまったのだと思います。社が取り壊され、守護していた封印も解けてしまったことで、産土神としてこの土地を長く護ってきた龍神も退去したと思われます。でも、もし可能でしたら、どこか場所を移してかまいませんから、龍ヶ守神社を再建していただければと思います」

「……お話は分かりました。上の者と相談してみます」

目の前で起きた超常現象に畏怖の念を抱いているのだろう、杉浦はしごく真剣な面持ちで答えてくれた。

だからといって、社の再建や龍神の帰還が約束されたわけではない。

何より、形だけ社が再建されても、龍神への土地の人々の信仰が戻らなければ、空っぽの器が置かれたのと同じでなんの意味もなかった。

せめて、雹が止んだら地鎮をしてから、山を下りよう、と凜久は思った。

町の中心にある鄙びた旅館に取っていた部屋へ、凜久たちが帰り着いたのは、すっかり日が暮れてからだった。

何よりもまず、冷えきってしまった身体を温めようと、ふたりは風呂場へ向かった。

大浴場は自然の石をいくつも積んだ岩風呂で、岩の隙間から湯が流れ出る打たせ湯も設えられていた。

「龍ヶ岩に封じられていたのは、なんだったんだろう」

貸し切り状態の大浴場で、ゆったりと湯に浸かりながら、凜久は呟くように言った。

「竜巻を起こしたり雹を降らせたものだとしたら、相当な力を持ったものだろうな」

人型になっていても元が猫だからか、瑠多は濡れることをあまり好まない。

身体の汚れだけ洗い流し、湯には入らず湯船の端にある大きな岩に腰かけている。

「だけど、どうして封印が破れたんだろう」

本当なら、今日は現場の確認をして、どんな方法を用いるべきか今夜検討するつもりだった。地鎮をすればいいのか、それとも霊鎮めをする必要があるのか、はたまた——。

だが龍ヶ岩は、思いがけず自爆して砕け散った。

そうだ、あれは自爆だったと凜久は改めて思った。

「偶然、時が満ちるタイミングに当たったのか、それとも凜久が岩に触れたせいなのか」

驚きに、凜久は目を見開いた。

「まさか……。瑠多は、僕が岩に触ったから結界が破れたって言うの？」

「可能性はなくはない…と思うが……」

「ちょっと待ってよ、僕にそこまでの力はないよ」

「凜久の能力は、葦原一族の中でもかなり強い方だ。でも、あの結界を触っただけで破るってのは、さすがに無理があるか……。となると、やっぱり、何か他の力が働いたと思う方が自然だろうな」

「中から、破られたんじゃないよね」

「そんなことができるくらいなら、社が壊された時点で、とっとと飛び出してるだろう」

「……そうだよね。それじゃ、結界を護っていた龍神が？」

「それはないな」

一言の元に否定してから、瑠多はため息をついた。

「水晶ヶ池のあの惨状を、凜久だって見ただろう。おそらく、人々に忘れ去られたせいで、社に棲んでいた龍神はほとんど神通力を失っていたはずだ。だからこそ、水晶ヶ池も元のでろなず沼に戻りつつあるんだ。碧川も、じきに涸れてしまうだろう」

ではいったい、何がどうやって、あの強力な結界を破ったというのだろう。

「明日、もう一度山へ入ってみようと思うんだけど」

「なんのために？　地鎮なら、もうやってきたじゃないか」

「だって、結界が破られた途端、あれだけの岩を破壊して飛び出す力を持った何かが、野放しになったんだ。このまま放ってはおけないよ」

結果的に、龍ヶ岩は破壊されたが、祓魔師としての仕事は何もしていない。

それどころか、封じられていたものの正体も分からないまま、いわば逃げられてしまったのである。不完全燃焼というより、正直なところ敗北感の方が強い。

でも、瑠多は気乗りしなさそうに首を傾げている。

「あの虹を見ただろう」

「うん……。すごくきれいだった。あんなの、初めて見たよ」

真っ暗な空にかかった虹の、怖いほどだった鮮やかな美しさは、凜久の目に今もはっきりと焼きついていた。

「あれは歓喜の徴を、俺たちに見せつけたんだ。もしも仇をなすつもりなら、暢気に虹なんか架けたりしないで、飛び出すなり俺たち全員に襲いかかってる」

「それは、そうだけど……」

「凜久が気にしているのは、料金のことだろう」

それもある、と、凜久はため息をついた。

「僕は正直に話そうとしたのに、瑠多がこんなもんですなんて言っちゃうから……」

チクリと文句を言うと、瑠多はふんと鼻を鳴らした。

「本当のことを話したって、あいつらには理解できないさ。それどころか、何もしてないなんて言ったら、料金は払わないとか言い出すのがオチだ。祓魔師は、ボランティアじゃないんだからな。それに、地鎮はちゃんとやってきたじゃないか」

「そうだけど……。力を失った龍神の代わりに、邪神が社に入り込んでた可能性はないのかも確認したいんだ」

諦めたように、瑠多が両手を軽く挙げた。

「分かったよ。気がすむようにすればいい」

「ありがとう」

「凜久は言い出したら聞かないからな。そろそろ上がるぞ。のぼせそうだ」

湯にも浸かっていないのにそう言って、瑠多はすらりと立ち上がった。

「待ってよ」

慌てて湯船から出ると、凜久は上がり湯を使ってから浴室を出た。

脱衣所へ出てくると、窓ガラスを叩く雨の音が響いていた。浴場の中では、打たせ湯の音に紛れてしまっていたらしい。

「雨が降ってきたんだ」

「そうみたいだな」

「どう思ってるのかな」

「えっ？」

「あの岩室に封じられていた何かは、封印が解けたことを歓んでいるとして。封印を護っていた龍神の方は、社を壊されたことや封印を破られてしまったことを、どう思ってるのかなって……」

龍ヶ岩と対峙したときに感じた、底知れぬ哀しみと深い孤絶感――。

不意に、龍ヶ岩に触れた時に感じた、ひんやりと痺れるようだった不可思議な感触が、指先に蘇ってきた気がした。

あれは、なんだったんだろう。

ひとり胸の裡で呟いて、凜久は記憶に残る感触を確かめるように、ゆっくりと手を握ったり開いたりした。


部屋は広縁のついた八畳一間で、この宿では中くらいのランクの部屋のようだった。

食事は部屋まで運んでくれたので、瑠多とふたりでゆっくり食事をすることができた。

夜になって降り出した雨は、夜半が近づくにつれ、ますます激しさを増していた。

吹き荒れる暴風雨に、古い木造旅館の建物全体が軋むような音を立てている。

床に入っても、風雨の音が耳について、凜久はなかなか寝つけなかった。

昼間の出来事で神経が昂ぶってしまっているのか、目を閉じると龍ヶ岩が砕けた時の様子が浮かんできて胸がざわついてしまうのである。

隣の布団で寝ている瑠多は、すでにぐっすり眠っているらしい。常日頃、人の姿をとってはいても、猫の性なのか、とにかく瑠多はよく眠る。

寝返りを打ち、スースーと寝息を立てている瑠多に背中を向けて、凜久は諦めて閉じていた目を開けた。

岩が破壊された時、確かに雄叫びのような獰猛な声を聞いた。

だが、岩が崩れ落ちる轟音に紛れてしまったのか、杉浦たちは気づかなかったと言った。

もしかして、凜久や瑠多にだけ聞こえたのだろうか。だとしたら、あの岩室には、いったい何が封じられていたのだろう。

考えれば考えるほど、目が冴えてしまう。

それでもやっと少しうとうとした時、ふと不穏な気配に気づいた。

閉じていた目をハッと見開き、凜久は神経を研ぎ澄ませた。

いつの間にか、時刻は夜半を過ぎていたが、雨は依然として激しく降り続いているようだった。その荒れ狂う嵐をついて、何かが近づいてくる。

背後で、同じように異変を感じ取ったのか、瑠多がむくりと起き上がったのが分かった。

「……瑠多?」

振り向いて声をかけると、「しっ」と、息だけで返事が返ってきた。

床の間に置かれた常夜灯の灯りが、まるで蠟燭の炎が揺らめくように明滅し始めた。

さらに神経を張りつめ、油断なく辺りの気配を窺う。

瑠多がしなやかな猫の仕草で立ち上がろうとした、まさにその刹那――。

パシっと何かが弾けるような音がして、瑠多の身体が部屋の隅まで吹き飛ばされた。

「瑠多っ！」

凜久の叫びが合図だったように、常夜灯が消えた。

闇の中、部屋の中の空気が一瞬で厚みを増し、しかもぐにゃりと歪むのが分かった。

「凜久っ！」と叫んだ瑠多の声が、水の中で聞くようにくぐもって遠くなる。

咄嗟に印を結び魔を祓おうとした凜久は、何者かに覆い被さられ押し倒されてしまった。

「葦耶姫」と、耳元で焦がれるような囁きがした。

ぎょっとして硬直し、凜久は必死に視線を巡らせた。

灯りが消え、部屋の中は真っ暗なはずなのに、凜久の周りだけが真珠色の繭にでも包まれたように薄明るくなっている。

そのぼんやりと淡い光の中に、黄丹色の狩衣をまとった男の姿が浮かび上がっていた。

背中まで届く長い黒髪、切れ長の目は紫がかった紺色をしている。

冷艶で高貴な気品を漂わせた美丈夫だが、どう見ても人の世の者ではない。

凜久の頬にひんやりとした形のよい長い指を添え、男はさも愛しげに微笑んだ。

「よくぞ参った。長の年月、待ちかねたぞ」

何を言われているのか、さっぱり理解できず、凜久は形のよい眉を寄せた。

「葦耶姫」と、再び男が呼んだ。

この男は、まさか凜久を女だと思っているのか？

確かに、どちらかというと凜久は中性的で、男らしく精悍なタイプではない。だからといって、これまで女性に間違われた経験はただの一度もない。

「人違いするな」

のしかかる男を押しのけようともがきながら、凜久は声に力を込めた。

「僕は男だ！　女じゃない」

「いや、姫だ。紛う方なき葦耶姫の光。わたしには分かる」

「……何を…わけの分からないことを…言って…るっ……。放せっ……」

印を結ぼうとする凜久の両手を押さえつけ、男は強引に口づけようとしてくる。

辛うじて顔を背けると、逸らした喉元をきつく吸われた。

「やめろっ！」

抵抗して暴れたせいで浴衣の合わせがはだけてしまい、かえって胸も腰も露わになってしまった。狼狽して慌ててかき合わせようにも、両手首を摑まれていて自由が利かない。

男は凜久の胸元に顔を埋めると、あろうことか乳首に舌を這わせてきた。

そのぬめった感触に、凜久の背筋を悪寒が走り抜けた。

「…やめっ……、放せっ！」

全力でもがいたが、男の力は恐ろしく強くてびくともしない。

ドン！　ドン！　と、壁を叩くような音が聞こえていた。

瑠多が、男が張った結界を破ろうとしてくれているのだ。

凛久の乳首に吸いついていた男が、さも鬱陶しげに顔を上げた。

「うるさい猫だ……」

呟くなり身を起こし、部屋の隅へ向かって、何かを追い払うように片手を振る。

すると、蒼白い稲妻のような光が一閃して、バシッと何かが叩きつけられる音が響いた。

結界を破ろうとした瑠多が、弾き飛ばされたのだろう。続いて、鈍い衝撃音が聞こえた。

凛久は男の手が離れた隙に素早く印を結ぶと、懸命に精神を集中しようとした。

「禍々しき者よ、疾く立ち去れ！」

祓詞を唱え、目の前にいる男を必死に祓おうとする。

「……姫っ！」

驚愕に見開かれた切れ長の目が、ひどく哀しげに歪んだ。

「姫は、わたしを忘れてしまったと言うのか？」

「……わ、忘れるも何も、お前に会ったことなんかないっ！」

尻でずるように後退りながら、凛久は浴衣の前を急いでかき合わせた。

「それなら、何故、ここまで来た？」

「な、何故って言われても……。し、仕事をしに……。僕は祓魔師だから……」

「なんだと⁉」

性分で、つい律儀に答えてしまうと、男の目がきつく眇められた。

晴れた夜空を映し込んだような紺色の双眸が、一瞬、金泥に染まる。

「姫はわたしを、悪霊だとでも言うのか⁉」

「そ……、それは……」

口ごもった凜久を見据えたまま、男はひどく落胆したように首を振った。

「そうか……。わたしのことを覚えていて、ここまで訪ねてきてくれたのではなかったのか……」

まさか、と、凜久は口の中で呟いた。

驚きと動揺で、口の中がからからに渇いてしまっている。

ごくり、と凜久は唾を飲み込んだ。

「あ、あの……。もしかして、あなたが龍ヶ岩の奥に封印されていた方……ですか⁉」

できるだけ男を刺激しないよう、凜久は丁寧な言葉遣いで訊ねた。

「そうだ。五百年、わたしは姫のおとないをひたすらに待ち続けた。姫は必ず来る。そう信じて……」

五百年と聞いて、凜久は一瞬言葉を失った。

「………。だから、人違いです。僕は男で姫じゃないです。だからほら、胸だってぺったんこだし！」

勢いあまって、せっかくかき合わせた浴衣の胸元を広げて見せる。

「器など、どうでもよい」

一言の元に一蹴（いっしゅう）されて、凜久は指先でこめかみを押さえた。

「……器って……、まさか魂は同じとかそういう話じゃないよな……」

「やっと分かったか」

ぼやいたつもりが、ずいっと身を乗り出され、凜久はぎょっと顔を上げた。

「姫からおのこに器は変わっても、清廉で雅（みやび）やかな耀きは毫（ごう）も変わっておらぬ。いや、おのことなって、いっそう凜（りん）とした清（すが）しさは増したようではないか。……なんと、麗しい」

目を細めてうっとりと賞賛され、凜久は鳥肌を立てた。

「忘れているなら、すぐに思い出させてやろう。安心するがよい。おのこであっても、わたしは少しもかまわない」

「えっ……、あ、あの……、いや、だから……、僕はかまうって……」

浴衣の胸元を握りしめ、少しでも男から離れようとするのだが、何かゴムのような柔らかい物に背中が当たってしまって動けない。

おそらく、男が凜久を逃がさないよう結界を狭めたのだ。

どうしようと思う間もなく、腰を摑まれずるずると引き戻され押し倒されてしまった。

このままでは、本当にこの男に犯されてしまう。

生来奥手で、凛久は女性との交際経験もろくになかった。まして、男に抱かれるなど、考えたこともない。本能的な恐怖に、身体が小刻みにふるえる。

「やだっ、やめろっ……。る、瑠多っ、助けてっ……」

夢中で叫んだ口を、大きな手で塞がれた。

「あのような猫風情に助けを求めるとは、どうしたことだ。よもや、姫はあの猫と情を通じているのではあるまいな!?」

眦を決して詰問されても、口を塞がれているので返事ができない。

微かに首を振った凛久を見て、男は嬉しげに微笑んだ。

「そうであろう。姫がそのような、はしたないことをするはずがない」

詠うように言って、男は凛久の下着に手をかけた。

もはや帯は身体に巻きついた紐でしかなく、どんなに抵抗しても無駄だった。

屈辱感を必死に押し殺し、凛久は渾身の力を込め悪霊退散の祓詞を唱えた。

でも、動揺してしまっていて精神統一できないからか、まるで効果がない。

それとも、悪霊でないから効かないんだろうか――。

ふと心の隅に浮かんだ思いを慌てて振り払い、凛久はもう一度祓詞を唱えようとした。

「往生際が悪いぞ」

冗談じゃない！

「諸々の禍事、罪、穢有らむをば、祓いたまえ、浄めたまえ、妖魔調伏！」

切羽詰まった火事場の馬鹿力が出たのか、凜久を押さえつける男の力がわずかに弛んだ。

「祓いたまえ！　浄めたまえ！　禍々しきものよ、疾く往ね！」

素早く印を結び、キッと男を睨み据え、凜久はもう一度祓詞を唱えた。

「……姫……」

男が哀しげに呟いた時、男の背後で結界に小さな裂け目ができたのが見えた。

虎とも獅子ともつかない、宣戦布告の獰猛な咆哮が響き渡る。

鋭い爪で結界のわずかな綻びを引き裂くようにこじ開け、瑠多が三本の尾を持つ猫魈の姿で躍り込んできた。

体長は一九〇センチ近く、尾の長さだけでも一メートルほどある瑠多は、猫というより長毛の黒豹と言った方がしっくりくる神々しい姿である。

「瑠多っ！」

薄闇の中、瑠多の三本の尾が強靭な鞭のようにしなう。瑠多が長い尾を振るうと、真ん中の一番長い尾の先にある、プラチナブロンドの飾り毛が光跡を描いて空を切った。

対する男の顔や姿は何も変わらないのに、手だけが真珠色の鱗に覆われ形を変えていた。

五本の指の先には鋭く長く伸びた爪が生えていて、その爪で瑠多を切り裂こうとする。

再び、瑠多が吼えた。

瑠多は、凜久のために闘ってくれているのだ。なんとしても助けなくては――！

凜久は目を閉じると、身体中の空気を入れ換えるように深く息を吸った。

パッと勢いよく目を見開き、狩衣姿の男にすべての意識を集中する。

胸元で印を結び、一心不乱に妖魔調伏の祓詞を唱える。

頭の中で真っ白な光が眩く燦爛し、身体が膨れ上がるような感覚が湧き上がってきた。

さらに集中して念じると、身の裡から突き上げてきたエネルギーが、ついにゲージを振り切るように一気に放出されるのが分かった。

途端、バシッと太いゴムが引きちぎられるような音と衝撃がして結界が破れた。

凜久は慌てて辺りを見回したが、男の姿はもうどこにもなかった。

部屋の隅の畳の上に、瑠多が猫の姿のままぐったりと横たわっていた。

闘っている時は黒豹並の大きさだったのに、今は普通の猫サイズになってしまっている。

胸元のプラチナブロンドの飾り毛が赤く血に染まり、荒い呼吸に腹部が上下していた。

「瑠多っ！」

慌てて駆け寄り膝に乗せると、瑠多はうっすらと目を開け、大丈夫だと言うように飾り毛のついた一番長い尾でパタリと畳を叩いた。

『無事か？』

頭の中に直接響く念話で、瑠多が訊いた。

その口調が、思いのほかしっかりしていたので、凜久はとりあえず胸を撫で下ろした。

「僕は大丈夫。瑠多のおかげで助かった」

『凜久の祓いも効いたようだぞ。一瞬、あいつの力が弱まったおかげで、結界を破ることができたんだ』

敷き直し整えた布団の上に、凜久はバスタオルでくるんだ瑠多をそっと横たえた。

固く絞ってきたタオルで、胸元の血を拭き取ってみると、男の爪が肉を抉った痕が痛々しく残っている。

でも、人間の医者はもちろん、獣医にも瑠多を診せるわけにはいかない。

「痛み止めあるけど、飲む?」

ボストンバッグから、凜久は急いで常備薬を入れたポーチを取り出した。

『いらない。これくらい、たいしたことはない。少し休めば傷も塞がるだろうし、朝までには人型に戻れる』

「そう?」

幸い、傷は思ったほど深くないようだったが、念のため消毒して化膿止めの軟膏だけは塗っておくことにした。

「ごめんね。僕のせいで……」

涙声で凜久は謝った。瑠多は、たったひとりの大切な家族なのに――。

心の嘆きが聞こえたらしく、瑠多は宥めるように凜久の膝頭を長い尻尾で撫でた。

『凜久のせいじゃない』

「でも、あれは僕のところへ来たんだ。僕のことを葦耶姫って呼んでた」

『葦耶姫……？　龍ヶ岩と関係があるのか』

「……多分、そうだと思う」

目を閉じ、瑠多が深い息をついた。

「痛む？」

『いや……。俺は大丈夫だから、凜久ももう寝ろ』

「……うん」

『寝ておかないと、明日も運転は凜久だぞ』

冗談めかして言った瑠多に、凜久も苦笑交じりにうなずく。

瑠多も運転しようと思えばできるのだが、免許を持っていないので無免許運転になってしまう。必然的に、車で移動するときの運転は、もっぱら凜久の担当だった。

「そうだね。おやすみ」

返事の代わりに、また尻尾の先をチョイと動かし、瑠多は目を閉じてしまった。

心配でしばらく様子を見ていたが、瑠多はすぐに眠ってしまったようだった。

静かな寝息を立てて眠る瑠多の姿に、少しずつ気持ちが落ち着いてきた。

明日のために眠っておかなければと思う余裕がでて、隣に敷いた布団で横になろうとした時、ふと畳の上で何かが光ったのに気づいた。

「なんだ、あれ……」

拾い上げてみると、それは真珠色の薄く丸い物だった。

「……もしかして、鱗？」

掌ほどの大きさのそれは、凜久の手の上で七色に煌めいていた。

まるで、昼間見た虹のように、儚く美しく光る鱗を眺めていると、なぜか胸を締めつけられるような不思議な気持ちがした。

『……姫、葦耶姫……』

ふと、焦がれるようだった男の声が、耳の奥で響いた気がした。

凜久はオパールの薄片にも見える美しい鱗を、ただじっと見つめていた。


閑静な住宅街の奥まった一画に、『マルジャーリ』というアンティークショップがひっそりと営業していた。マンションの一階に入居している店の出入り口には、見るからに古色蒼然（こしょくそうぜん）とした、木枠にエッチングガラスが塡（は）まったアンティークドアが使われている。

　でも、店の中は古くさくも黴臭(かびくさ)くもなく、清々しい仄暗(ほのぐら)さが静謐(せいひつ)を感じさせる洗練されたおしゃれな空間となっていた。

　洋の東西を問わず猫をモチーフにした物を専門に扱う『マルジャーリ』は、元々、瑠多のソウルメイト葦原爾示の父親が、趣味の骨董(こっとう)好きが嵩(こう)じて道楽で始めた店だった。

開店当初は、猫関係専門ではなかったらしい。それがいつの間に猫専門になったのか、凛久が子供の頃には、すでに店中が猫だらけになっていた。

　瑠多に言わせると、品物の方で勝手に店に集まってくるということらしい。

　爾示亡き後、店は瑠多に引き継がれ、何度か移転を繰り返しながら今に至っている。

　祓魔師が本業で、アンティークショップは副業なのか、それとも逆なのか――。

　いったい、どっちだろうな、とぼんやり考えていた凛久に、ショーケースを熱心に覗き込んでいた四十絡みの女性客が訊いた。

「そっちの猫も、シルバーなの？」

「はい、そうです。一九二〇年にヨーロッパで作られた、純銀製のブローチです」

　凛久は、おっとりとにこやかに答えた。

「目はサファイアです」

「本物の？」

「もちろんです」

ショーケースのガラス扉を開け、凜久は猫をデザインしたブローチを取り出し、黒のベルベットを張ったトレーの上に置いた。

トレーの上には、先に出したペンダントや指輪などが何点も置かれている。

どれもすべて猫をモチーフにしていて、二匹の猫が仲良く寄り添っている後ろ姿だったり、悪戯猫が鳥かごをつついていたりしているのが愛らしい。

そんな中で、毛を逆立てるように背中を丸め、四肢を踏ん張っている猫は、近づく者を追い払おうと威嚇しているようにも見え、異彩を放っていた。

照明の光を受け、サファイアを塡め込まれた猫の目がキラリと光った。

あの夜の男の目のようだ、と凜久はふと思った。

翌日、快復した瑠多とともにもう一度山へ入り、水晶ヶ池の畔まで行ってみたが、男の気配はもちろん、痕跡を感じ取ることもできなかった。

葦耶姫についても訊いてみたが、杉浦をはじめ現場の作業員たちは、誰もが聞いたことがないと首を傾げた。

ただ、泊まっていた旅館の年老いた女将は、葦耶姫という名前は聞いたことがないが、山の反対側の地域に『茅花御前伝説』という昔語りがあると教えてくれた。

自分は詳しくは知らないが、福寿寺の住職なら何か知っているのではないかと言った。

福寿寺の住職は、お祓いの引き受け手を捜していた杉浦に、凜久のことを教えたという人物である。住職の方では、どこかで凜久の評判を耳にしたことがあるようなのだが、凜久は一度も会ったことはない。

せっかくだから、挨拶がてら話を聞かせてもらいたいと思い、帰りにわざわざ山の反対側までぐるりと回って立ち寄ってみたが、生憎、住職は留守で会えなかった。

あれは、なんだったんだろう——。

凜久の物思いを、女性客の甘ったるい声が破った。

「お友達に、ここなら猫のいい物がたくさんあるって聞いて来たんだけど……。どうしようかしら、たくさんありすぎて目移りしちゃうわ」

女性客は、媚びるような笑顔を凜久に向けている。

「どれも可愛いし捨てがたいけど、このブローチいいわあ……。でも、これはちょっとお高いのねえ……」

どうやら値切りたいらしい、と察しながら、凜久もにっこりと微笑み返した。

ブローチの値段は、六万二千円である。

「ジョージ・ジェンセンなどのブランド物ではありませんが、英国貴族が特注で作らせた物で、ハウスオークションで売りに出された物ですから品物は確かです」

正直な話、他のアンティークショップよりかなり安く提供している自信はある。

だから、ギリギリ負けても端数の二千円が限界かな、と胸算用しながら答えた。

「……どうしようかしら……」

もう一度、女性客が思わせぶりたっぷりに呟く。

きれいにネイルされた手で、ブローチを自分の胸元に当てては鏡に映し迷っている。

かなり気に入っているようなのだが、思いきりよく決断が下せないらしい。

あまりしつこく勧めるのも気が引けるが、ここはもう一押ししてあげた方がいいのかな、と凜久が思った時――。

「とてもよくお似合いですよ」と、店の奥から瑠多の声が響いた。

びっくりして振り向いた女性客の表情が、光が射したように変わった。見開かれた目が、きらきらと光っている。

「あら、そう？」

しなやかな動作で客の傍らへ滑るように歩み寄ると、瑠多は長いきれいな指でブローチを客の襟元へつけた。

「いかがです？　どちらかというと、愛らしいデザインではないのですが、その分、大人の女性にはぴったりかと思いますが……」

伸ばした手で鏡の向きを変え、客と一緒に覗き込む。

「……そうねえ……」

声音が、凜久の時とは明らかに変化していた。うっとりと目を細めて客が見ているのは、ブローチをつけた自分の姿ではなく、隣に映っている瑠多の顔である。

「ここ、カードは使えるの？」

「どうぞ、お使いください。なんでしたら、分割でもけっこうですよ」

「それじゃこれ、いただいていくわ！」

ワントーン、明らかにハイボイスになって、女性客は宣言するように言った。

さすが瑠多……、と凜久は舌を巻くしかない。

渋い男前を武器に、瑠多は女性客を扱うのがとても巧い。

決して無理に勧めたりはしないのに、女性客は瑠多にかかると魔法にでもかかったように高価な品をいとも容易く買っていく。

「ありがとうございます」

恭しく頭を下げると、瑠多は凜久の方へ向き直った。

「この間入ってきた、ハンドペイントの小箱があっただろう。あれに入れてお包みして」

鮮やかなブルーに塗られたアンティークの小箱を、凜久は店の奥から持ち出してきた。

小箱は木製のピルケースで、蓋に愛らしい仔猫の姿が手描きされている。二千円くらいかなと考えていた小物で、確かにブローチを入れるのにちょうどいい大きさだった。

「あら、可愛いー！」

女性客のはしゃいだ声に微笑みながら、「このお箱は、サービスしますよ」と、すばらしく耳触りのよい声で瑠多が低く囁いた。

「ほんとう!? 嬉しい！」

値引きの許容範囲は、瑠多も凜久とさして変わらなかったらしい。

でも、ブローチの値を下げるのではなく、おまけで満足させる辺りが、瑠多のスマートなところだと思う。

「ありがとうございました」

ドアに取りつけられた真鍮(しんちゅう)のベルをちりりんと鳴らして、女性客は意気揚々と帰っていった。

「さすが瑠多。僕にはとてもかなわない」

「年季の入り方が違うからな」

ちょっと得意げに言った瑠多に、凜久はくすっと笑い返した。

「仕事の依頼があったぞ」

トレーに並べられた品物を、ショーケースに丁寧に戻しながら瑠多が言った。

「大きな翡翠(ひすい)の原石だそうだ」

「なんだ……。祓いの仕事かと思った。ウチは、原石は扱わないじゃない」

「祓いだよ。高さ二メートル、幅も一メートル近くあるらしい。多分、一億はくだらない上物だそうだ」

「そんなのを個人で所有してるの？　すごいね。だけど、勾玉が魔力を持つことはあるけど、原石っていうのはあんまり聞かないけど」

古来から伝わる特殊な技術で加工された翡翠の勾玉は、魔力や霊力を持つとされている。

「それで、どんな障りがあるっていうの？」

「家に運び込んだ途端、その家の息子が原因不明の体調不良で寝込んでしまったそうだ。しかも、翡翠が原因かもしれないと家族が訴えるんで、仕方なくほかへ移そうとしたら手配したトラックが事故ったり、運び出そうとした人が動けなくなったりで、移すこともできないでいるらしい」

凜久は眉を寄せた。

「翡翠は、成功と繁栄をもたらす神聖な石なのに……」

「何か、とてつもないものが憑いてるのかもしれん」

「えー……。翡翠にそんなことがあるかなあ。ほんとに翡翠なの？　どこ産だって？」

「ミャンマー産だという話だ。前の持ち主は、インドの大金持ちらしい」

「ふうん、インドの大金持ちねえ……。分かった。とにかく、行ってみよう」

「おかしいと思ったんだよ。翡翠が祟るなんて言うから……」

真っ暗な道をガタガタと車で走りながら、凜久は盛大にぼやいた。

一応、県道であるらしいが、片側は崖になった山道である。

「そもそも、翡翠は身を護るために身につける石なんだから。その翡翠が祟るなんて、よほどの力を持った何かが憑いたのかと思えば……」

「でも、結果的には凜久の力がモノを言ったんだからいいじゃないか」

助手席でゆったり足を組んでいる瑠多を、凜久は横目でチラリと睨んだ。

いつもなら、車が走り出した途端に眠ってしまう瑠多だが、今夜は珍しく凜久の愚痴につきあってくれている。

ただ単に、車があまりに揺れるので、眠るに眠れないだけかもしれないが――。

「よく言うよ。息子が寝込んでた原因は失恋で、運び出そうとして動けなくなったっていう人は、もともと持病がぎっくり腰だったって……。どこが僕の力なのさ。まったく、笑い話にもなりゃしない」

北関東の資産家が、仕事で訪れたインドで知り合った富豪から譲り受けたという翡翠は、それは見事な物だった。

ほぼ掘り出したままの原石に、凝った彫刻を施した紫檀の台座をつけてあったが、大きさといい、透明感のある濃く深い色合いといい、どれをとっても超一級品だった。

一目見て、凜久はその清浄な美しさに圧倒されてしまったくらいだった。

これほどの力を持った石に、悪いものが憑くはずがない。いや、憑けるわけがない。

そう感じた凜久は、離れで寝込んでいるという息子に会ってみた。

でも凜久を見た息子は、警戒感丸出しで何も話してはくれなかった。

それはそうだろう、無理もない、と、凜久も思った。

いきなりやってきた見ず知らずの人間に、何か悩みでもあるのではないかと訊かれて、ぺらぺら話す方がどうかしている。

まして悪霊や魔を祓う祓魔師だなどと言われれば、胡散臭さも倍増して当然である。

でも凜久は、背を向けた息子の『気』が、澱みきっているのがどうしても気になった。陰の気に呑み込まれかけている。このままでは、本当に魔を誘い込みかねないと思った凜久は、両親を安心させるための気休めだと思ってください、と説得し瘴気を祓ってみた。

瘴気を祓うとは、有り体に言えば心の空気を入れ換えるようなものである。瘴気を祓ったからといって、悩みそのものが解決するわけではない。

でも、澱んでいた『気』が清浄になることで、気持ちがすっきりして前向きになれることが多い。少なくとも、魔につけ込まれる隙はなくなるだろう。

しぶしぶながら凜久の祓いを受けた息子は、なんだか身体が軽くなった、と憑きものが落ちたような顔になった。

そして、「くよくよ悩んでたのが、バカバカしくなった」と言って、泣き笑いしながら、実は失恋して落ち込んでいたのだ、と事情を話してくれたのだった。

「凜久の力は、たいしたものだと思うぞ。あの息子の『気』の乱れを感じ取ることができたのは、凜久だったからだ」

「おだてても、なんにも出な……わっ……雨!?」

明るかった月明かりが雲に遮られた途端、突如として横殴りの雨が降り出した。吹きつける強風に煽られ、車体が浮き上がりそうになる。凜久は必死にハンドルにしがみついた。

「…なっ、何っ……!?」

ゴオっと地鳴りがしている。

「地震!?」

「いや、違うな。……これは……凜久っ！」

瑠多の叫びは、轟き渡る雷鳴にかき消された。ドーンと凄まじい衝撃が走り、稲光で辺りが真昼のように明るく照らされる。

蒼白い稲妻の光の中を、何か長大な黒い影がよぎった。

その長大なものの尾が車を薙ぎ払うように迫ってきたのを避けようとして、凜久は無我夢中でハンドルを切った。

コントロールを失った車が、ガードレールを突き破り山の斜面を滑り落ちていく。

木の根か何かに乗り上げたのか、車体が大きくバウンドし、弾みで横転しそうになる。

「うわーっ……！」

もうダメだ、と凜久が思わず目を瞑った時、車ごとふわりと浮き上がる感じがした。

「……えっ……？」

凜久がぎゅっと閉じていた目を開けると、驚いたことに眼下に街の夜景が見えている。

「と、飛んで…る……!?」

瞠目した凜久の目の中で、真珠色の鱗が煌めいた。

「えっ……ええっ!?」

驚愕しつつ改めて周りを見回すと、車は何かに鷲摑みにされて空を飛んでいるらしかった。鋭く尖った五本の爪が、まるでクレーンか何かのようにがっしりと車を摑んでいる。

割れたガラスの隙間から吹き込む風が、ヒューッと風切り音を立てた。

凄まじい稲光に、パールホワイトの龍の姿が神々しく浮かび上がった。背中に生えた鷲のような翼を大きく広げ、ゆったりと滑るように飛行している。

「……りゅ、龍!?」

長大な龍に軽々と摑まれた車は、ほとんど宅配便の段ボール箱のようで、その中に乗っていると自分まで荷物になったような気がしてしまう。

篠突く雨をものともせず、龍は悠揚と空を泳ぎ、摑んでいた車をどこか山の頂にそっと下ろした。惘然としている凜久たちの目の前で、真珠色の龍の姿は滲むように揺らめき、瞬く間に黄丹色の狩衣をまとった貴公子となった。

大きさこそ一八〇センチ前後の長身の男性と変わらないサイズになったが、白皙の美貌の頭にはプラチナが稲妻の形に凝縮したような二本の角が生え、腰から下も龍体のままでとぐろを巻いている。

貴公子は佇むように宙に浮かんでいた。どうやら、瑠多と同じで、時と場合に応じて身体の大きさもコントロールできるらしい。

「またこいつか……！」

止める間もなく、瑠多がドアを蹴破るようにして外へ飛び出した。

黒豹の二倍はあろうかという巨大な黒猫姿に変化した瑠多が、シャーっと威嚇の唸り声を発しながら、強靭な後ろ脚で地を蹴り素早く飛びかかる。

男は喉笛に噛みつこうとした瑠多の身体をなんなく摑み止め、宙へ放り投げた。

空中でしなやかに身をくねらせ、瑠多はトンっと着地するなり再び地を蹴った。

鋭い爪を男の肩口へ突き刺し、剝き出した牙でこめかみの辺りに食らいつく。

白皙の美貌を、吹き出す鮮血が凄絶に彩っていく。

「こしゃくな」

バリバリと雷鳴が轟き、瑠多の身体が弾き飛ばされ地に叩きつけられた。

「瑠多っ……」

倒れた瑠多へ駆け寄ろうとした凜久の身体が、突風に攫われそうになった。

よろめいた凜久の身体を、すかさず伸びてきた龍の尾がくるむようにして庇ってくれる。

「よせ！」と、男は天を仰ぎ、命じるように鋭く言った。

釣られて凜久も空を見上げると、稲光の中に真っ黒な龍の姿が浮かび上がった。

「これ以上のことは、このわたしが許さぬ」

威厳に満ちた男の声が厳かに響くと、轟き渡っていた雷鳴は潮が曳くように鎮まった。

降り出した時と同じように唐突に雨が止み、雲の切れ間から、何事もなかったように蒼白い月が顔を出した。

龍の尾の中から抜け出すと、凜久は急いで瑠多に駆け寄った。

『無事か？』

いつでも戦闘再開できるように、瑠多は獣の姿のまま油断なく目配りしている。

背中を丸め、全身の毛を逆立てた瑠多の長い三本の尾が膨らみきっているのが、月明かりでもはっきりと分かった。

「僕は大丈夫。彼が護ってくれた」

さも疑わしげに、瑠多は狩衣姿の男を見た。

『あいつが？』

「うん。もう一頭龍がいたんだよ。真っ黒い龍が。雨や風を操って襲ってきたのは、多分、その黒い方の龍だ」

『…そう…なのか……？』

凛久は大きくうなずいた。

瑠多の忌々しげなため息が響く。男を見つめる鋭い視線には、疑いは晴れていないと言いたげな不信感が滲み出ていた。

『お前は何者だ』

吼えるように訊いた瑠多に、男の眉がきつく寄せられた。

「人に名を問う前に、まずお前が名乗ったらどうだ」

『何を偉そうに……』

いきり立ち飛びかかろうとした瑠多を慌てて止め、凛久が一歩前へ出た。

「助けていただき、ありがとうございました。僕は葦原凛久。ここにいるのは、猫魈の瑠多・亜羅哉。あなたの名前を教えてください」

凛久が問いかけると、男の眉がわずかにひそめられた。何かを問うように、あるいは咎めるかのように、凛久をじっと見つめてから、男は諦めたように静かに口を開いた。

「我が名は、琉黎」

「……りゅう…れい……」と呟きながら、凛久は首を傾げた。

どこかで、聞いたことがあるような気がするのだが——。

完全な人型に戻った琉黎は、凜久の方へ歩み寄ろうとして蹈鞴(たたら)を踏むようによろめいた。琉黎のこめかみからは、まだ鮮血が流れていた。黄丹色の狩衣も、肩口がざっくり裂かれ、血に染まっている。

凜久は急いで車へ戻ると、ボストンバッグの中から救急キットとタオルを取り出した。思いきり不満そうに、喉の奥で唸り続けている瑠多にかまわず応急処置をする。

「痛みますか？　痛み止めの薬もありますけど……」

言ってから、人間の薬は龍にも効くんだろうかと思ってしまう。そして、こんな異常事態にもかかわらず、そんなことを普通に考えている自分にも、かなり呆(あき)れてしまった。

ひんやりとした白い手を伸ばし、琉黎は凜久の頰に愛しげに触れた。

「これしきの傷、姫の力を借りればすぐに治る」

「えっ？　……あの……」

僕の力と聞き返しかけて、凜久は思わず口ごもった。それでは、この間も言われたように、凜久が葦耶姫の生まれ変わりだと認めることになってしまう。

「姫の精を受ければ、わたしの霊力もすぐに回復する」

なんと答えるべきか、黙り込んだ凜久を琉黎が抱き寄せようとした時――。

これ以上ないほどに膨れ上がった瑠多の尾が、横合いから琉黎の頭を直撃した。

『貴様、何をする！』

不意を突かれ膝をついた琉黎に、すかさず牙を剝いて飛びかかろうとする瑠多を、凛久は慌てて止めた。

「瑠多！　待って！」

『なぜ止める』

「だって、僕たちを助けてくれたんだよ？　あのままだったら、車が横転してふたりとも死んでたかもしれないのに」

「猫風情が……。邪魔立てするなら、容赦せぬぞ」

「琉黎もやめて！」

睨み合う両者の間に立って、凛久は頭を抱えた。

「それより、これからどうするか考えないと」

凛久は、泥塗れの車を振り返った。フロントガラスにはひびが入り、エンジンをかけてみなければ分からないが、まともに動くかどうか、かなりあやしい状態である。

何より、自分たちがどこかの山の頂上付近にいるらしいことは分かるのだが、とても麓まで車で下りていけるとは思えない。

「とにかく、歩いて山を下りるしかないけど……」

『凛久は俺が背中に乗せてやるから、心配するな』

「車はどうするのさ」

とりあえずは置いていくとしても、こんな山の上までロードサービスは来てくれるのだろうか。そもそも、どうやって登ってきたのかと訊かれても答えられない。

実は、龍に運ばれてきたのだなどと正直に言えば、誰にも信じてもらえないどころか、よくてふざけている、悪くすると頭がおかしいと思われかねないだろう。

なんとか穏便に、車を麓まで下ろす手はないだろうか。忙しく考えを巡らせていた凜久に、琉黎が訊いた。

「車とは、その不格好な乗り物のことか」

「えっ？　そうだけど……」

「あんなもの、ここへ捨ててしまうわけにはいかないのか」

「そんなことしたら、不法投棄になる。不法投棄って、意外に重い罪になるんだ」

「罪……」と、琉黎は訝しげに呟いている。

「ああ、もう……。どうすればいいんだよ」

嘆いた凜久に、琉黎が「それでは、わたしが運んでやろう」と言った。

「えっ？」

「姫は、その乗り物に乗っていればいい。わたしが乗り物ごと、どこへなりと望みのままに運んでやろう」

そう言うと、琉黎は瑠多の方へ向き直った。

「そこの猫」

『瑠多だ』

「では、瑠多。特別にわたしの上に乗せてやる故、案内せよ」

『なんで俺だけ、お前の上なんだ。道案内なら、車の中からだってできる』

「乗り物に乗るのは貴人と決まっている。猫など論外」

『はあ⁉』

「嫌なら歩いて帰れ」

瑠多はムッとして一瞬黙ったが、ここで決裂してはまずいと諦めたようだった。

『分かった』

低く唸るように瑠多が答えたのを聞いて、琉黎は満足そうにうなずいている。

「では姫は乗り物に」

「運んでもらえるのはありがたいけど、龍が空を飛んでるところなんか誰かに見られたりしたら、騒ぎになっちゃうんじゃ……」

凜久の脳裏に、ＳＮＳにアップされた真珠色の龍の写真が浮かぶ。

「ちゃんと結界を張る故、人の目に触れる心配はない」

『凜久。車には俺の結界を張っておくからな。何も心配しなくていいぞ』

「猫の結界など必要ない」

『俺は猫魈で、猫ではない！　第一、俺には瑠多という名前がある。猫呼ばわりはやめてもらおう』

「ふたりともやめてよ。喧嘩してる場合じゃないって言っただろう。ぐずぐずしてたら、朝になっちゃうよ」

凜久に睨まれ、瑠多の耳がしゅんと伏せられた。琉黎もばつが悪そうに咳払いしている。やれやれとため息をついた凜久の前で、琉黎は再び真珠色の長大な龍の姿になった。

「本当に龍なんだ……」

半ば惘然としながらも、凜久は神々しいその姿に見入っていた。


『このバカ猫！』

『バカとはなんだ、バカとは⁉』

『もっと、ちゃんと案内しろと言っているのだ』

『文句を言うな。仕方がないだろう。空を飛んで帰ったことなんかないんだ』

『痛い。爪を立てるな！』

『うるさい！　お前が振り落とそうとするからだ。なんなら、噛みついてやろうか』

琉黎と瑠多の不毛な小競り合いを延々と聞かされながら、ようやく凜久が『マルジャーリ』の前に帰り着いたのは夜明け近くだった。

凜久たちの住まいは、店のあるマンションの最上階である。

「ご苦労。送ってくれたことには礼を言う。お前はもう帰っていいぞ」

ホッとするまもなく、人型に戻った瑠多が琉黎に向かって偉そうに言い放った。

「瑠多！　そんな言い方はないじゃない。琉黎は僕たちを助けてくれたんだよ」

「まさか凜久は、こいつを俺たちの部屋へ入れると言うんじゃないだろうな」

「だって、怪我もしてるのに、このまま追い返すなんてできないよ」

人型に戻った琉黎の眉目秀麗(びもくしゅうれい)な白い顔は血に汚れたままで、さながらお化け屋敷の蠟人形(ろうにんぎょう)状態である。肩口の傷からも、まだ血が滲んでいるようだった。

「……ほぉ……」

腕を組んで立つ得意のポーズで顎(あご)を反らし、瑠多は目を眇めるようにして凜久を見た。

「それじゃ、こいつに何をされてもいいと言うんだな」

「……な、何をされてもって……。琉黎が何をするって言うんだよ」

「水晶ヶ池で襲われたのを、もう忘れたのか？」

「わ、忘れてない。忘れてないけど……。そもそも、怪我をさせたのは瑠多じゃないか」

「それは……」

痛いところを突かれ口ごもった瑠多に、今度は琉黎が思いきり得意げに言い放った。

「分かったら、お前こそ疾く去れ」

「なんだと!? ここは俺と凜久の家だ」

「瑠多! 瑠多! 落ち着いて。お願いだから、ここは僕に任せて。いつまでも、こんなところで揉めていられないよ」

東の空が白み始めて、辺りが明るくなってきていた。

瑠多も琉黎も興奮して忘れているらしいが、ふたりは結界も張らずに言い争っていた。車は泥だらけで、見るからに事故を起こしましたと言わんばかりにボロボロになっているし、近所の人に不審に思われて通報でもされたらと思うと気が気ではない。

もっとも、まさか龍と猫魈と人が揉めているとは、さすがに誰も思わないだろうが。

「凜久がそう言うなら、俺はもう何も言わん。勝手にしろ」

言い捨てるなり、瑠多は猫の姿に変化して傍らの塀に飛び乗ると、そこからテラスや庇を足がかりに八階にある部屋へ戻っていってしまった。

ああ、またそんな人に見られたら困ることをわざとして――。

内心で頭を抱えつつ、凜久は急いで車に戻った。運転席へ座り、エンジンをかけてみる。

エンジンはなかなかかからなかったが、何度目かのトライでなんとかかかった。

「琉黎。乗って!」

ドアを開けて呼ぶと、琉黎は長身をかがめるように車に乗り込んできた。

「猫臭い」

顔をしかめて文句を言っている琉黎にかまわず、凛久は慎重に車を発進させた。

エンストしてしまったら、もう二度とエンジンはかからないかもしれない。

どうにか無事に駐車場へ車を入れると、ボロボロの車にシートを被せた。それから、琉黎を連れ、駐車場側の入り口からマンション内へ入った。

「姫はここに住まいしているのか」

エレベーターホールへ続く通路を歩きながら、琉黎が物珍しげに訊いた。

自分は姫ではないという反論はとりあえず呑み込んで、凛久は足早に歩きながら黙ってうなずいた。時間が時間だけに人の気配はなかったが、こんなところでぐずぐずしていて誰かに出会（でくわ）してしまったら困る。

「ここはマンションっていって、たくさんある部屋をいろんな人が借りて住んでる建物なんだ。僕と瑠多は八階の部屋を借りてる」

「先ほど、猫が入っていった部屋だな」

「そうだよ……。うわっ……」

突然、琉黎に横抱きに抱き上げられ、凛久は思わず声をあげた。

「下ろして！」

「暴れるな。暴れると壁にぶつかる」

「えっ⁉」

凜久を横抱きにした琉黎は、人型のままほんの少し膝を曲げて弾みをつけると軽やかに跳躍した。

眼前に天井が迫り、凜久は思わず目を閉じた。でも、凜久の身体のどこも、天井にも壁にもぶつかることはなかった。

とん、と琉黎が着地したらしい衝撃を感じた凜久が目を開けると、驚いたことに一瞬で八階の自室のリビングまで移動していた。

「えっ⁉　えええっ⁉」

唖然とする凜久をフローリングの床に敷いたラグの上に下ろすと、琉黎は興味深そうに室内を見回している。

「ほう。ここが姫の住まいか」

「どうやって……」

「何、これしきのこと造作もない」

生まれた時から瑠多と暮らしてきたから、凜久も大概のことには驚かない自信があるが、さすがに瑠多にはここまでの力はない。

いや、もしかしたらやればできるけれど、やらないだけなのだろうか――。

一足先に戻ったはずの瑠多は、もう自室へ引き上げてしまったらしく、灯りの消えたリビングは無人だった。

　深いため息をつきながら、凜久はまず灯りをつけ、それから琉黎をバスルームへ連れていった。見ると、ランドリーボックスの中に、瑠多が着ていた服が乱雑に突っ込んである。

　多分、瑠多は部屋へ戻るなりここへ直行して、びしょ濡れの服を脱ぎ捨てシャワーを浴びたのだろう。そもそも濡れることが嫌いな瑠多は、いつだって烏の行水だが、それにしてもなんてすごい早業なのかと呆れかえる。

　そんなにも、琉黎と顔を合わせたくなかったのだろうか――。

　ブツブツと口の中で文句を言いながら、凜久は琉黎を振り返った。

「今、何か着替えを探してくるから、その間にシャワーでも浴びたらどうですか？」

「……シャワー？」

「あ、そうか……。えーと……、お湯を使いますか？」

「そうだな。そうしようか」

　靴下を脱いでバスルームへ入ると、凜久はまずバスタブに湯を張り始めた。

　それから、脱衣所へ引き返し、戸棚からタオルを取り出した。

「すぐに戻りますから、先にお湯を使っててください。あと……わっ……」

　背後からいきなり抱きしめられ、凜久はぎょっと立ち竦んだ。

「……姫」

耳元で、熱い囁きがする。

「ぼ、僕は……男だ。姫じゃ……な……い」

「いや、紛う方なく葦耶姫だ。わたしには分かる」

強く首を振り、凛久は琉黎の抱擁を必死になって振りほどいた。

「違う。僕は葦耶姫じゃない。僕は凛久だ」

「まだそのようなことを言うのか」

琉黎の目が、哀しげに細められる。

「姫は、本当にわたしのことを忘れてしまったのか。わたしは、姫のことを片時も忘れたことなどなかった。再び相見（あいまみ）える日が必ず来ると信じて、長の年月を耐えてきたというのに……。姫はわたしのことを……」

切々と訴えられ、凛久は言葉に詰まった。

身に覚えのないことを責められても困ると思う一方で、なんだか自分がとんでもなく薄情な人間になったような気もしてしまう。

「姫！」と、琉黎が焦がれるように呼んだ。

「忘れたと言うなら、思い出させてやろう」

「えっ……？」

思わず後退った凛久の背中が、半開きになっていたバスルームのドアにぶつかった。

弾みで床の上に尻もちをついた凜久に、膝をついた琉黎が覆い被さってくる。

「今すぐに思い出さずともよい。とりあえず今宵は、わたしに姫の力を分けてくれ」

言いながら、琉黎は凜久の喉元へ唇を押しつけた。

強く吸われると、凜久の背筋にぞくりと電流が走った。

逃れようとして尻でずるように後退したが、すぐにバスルームの壁に阻まれてしまった。

「……あっ」

小さく叫んだ唇に、琉黎の唇が重なってくる。

ぬるりと入り込んできた舌に口腔を舐め回され、凜久は目を閉じるのも忘れ硬直した。

すると――。

瑠多の牙が抉った、琉黎のこめかみの無惨な傷がみるみる薄れ塞がっていく。

まるで、映画の特殊メイクかCGを見ているようだった。

えっ……!? 力を分けるって、こういうことなのか？

惘然と視線を巡らせると、至近距離で琉黎と目が合ってしまった。

琉黎の眸は、紫色を帯びた紺色だった。吸い込まれそうな深い紺色に見つめられると、心の奥深いところで何かが疼くような気がした。

同時に、四肢の先が痺れたようになって力が抜けていく。

「…えっ……」

なんだこれ……と、戸惑う凛久の視線が揺れる。

そんな凛久の髪を撫で、琉黎は愛しげに微笑んだ。

「こうして抱き合うことで、霊力を回復することができる。これしきの傷、姫の力を以てすればなんということもない」

凛久の頬をそっとなぞった琉黎の指の爪が、胸元に辿り着くなり長く鋭く尖った。

まるでナイフのように、凛久が着ていたシャツが切り裂かれていく。

「ひっ、やっ…やだっ……」

思わず涙声で訴えると、瞬時に元に戻った琉黎の手が宥めるように凛久の髪を撫でた。

「何も怖れることはない」

立ち上がろうと手がかりを求めて伸ばした凛久の手が、シャワーコックに触れた。

不意に湯が降り注いできて、琉黎が驚いたように動きを止めた。

「なんだ？」

「……シャ、シャワー。僕が触った…から……」

「なるほど、これがシャワーというものか」

なるべく琉黎を刺激しないように、凛久はそっと琉黎の下から這い出ようとした。

でもすぐに気づかれてしまい、引き戻されてしまった。

「シャワーとは湯の雨か。雨の中で抱き合うも一興」

降り注ぐ湯に、琉黎の顔から血の汚れが洗い流されていく。

額に貼りついた濡れ髪が、冷艶な美貌に凄絶なまでの色気を漂わせている。

琉黎の、薄く整った唇が笑みを形作った。

「安心するがよい。決して、無体なことはせぬ。何よりも、今は霊力を回復することが第一だからな」

言葉とは裏腹に、琉黎の爪は凛久の衣服を次々に切り裂き取り払っていった。

さして抵抗もできないまま一糸まとわぬ姿にされ、凛久は羞恥にふるえ涙した。

「見ないで……」

「なぜ？　おのことなっても、こんなに美しいのに」

指先で乳首を摘まむように愛撫しながら、琉黎がうっとりと呟いた。

「あっ」

立ち上がった乳首を甘噛みされ、思わず出た自分の叫び声に驚き、凛久は慌てて腕を押し当て口を押さえた。

「……んっ……んんっ……」

仰け反った首筋から胸元を、琉黎の唇が這い回っている。唇は凛久の身体を逍遙するかのように辿りながら、確固たる意思を持って下半身へ向かっていく。

琉黎の意図に気づき、凛久は必死にもがいた。

「やだっ、やめて、お願いだからやめて……」

涙が溢れ、本能的な恐怖に、カタカタと全身がふるえてしまう。

「泣かずともよい。今宵は姫の精を受け、霊力を回復するだけだ」

引き結んだ唇に啄むような口づけを落とし、琉黎はまだ力を失ったままの凜久をやんわりと握り込んだ。

「あっ……」

びくんと跳ねた身体をしっかり胸に抱き込み、凜久を巧みにしごき愛撫する。

「…あっあっ……んんっ……」

手もなく追い上げられてしまい、凜久の切なげな喘ぎ声がバスルームに響く。

自分がこんなにいやらしい声をあげるなんて、信じられない——。

「や…めて……、も…出ちゃ……ぁっ……」

濡れそぼった琉黎の狩衣を摑み、凜久は恥も外聞もなく訴えた。

い…、いく……、いってしまう……。

どうにかして踏み留まろうとする凜久の頭の中に、『解き放て……』と直接声が響いた。

「…えっ……」

喘ぐように問い返した次の瞬間、凜久は琉黎にすっぽりと咥え込まれぎょっと硬直した。

驚きと狼狽で力を失いかけた凜久に、琉黎の舌がねっとりと絡みつく。

「あっ、あーーっ」

身体のあちこちで火花が散ったような衝撃に身をふるわせた凜久の耳に、琉黎が嚥下する音が生々しくはっきりと聞こえた。

降り注ぐ湯の雨の中、喉元を晒し仰け反ったまま虚脱感に惘然としていた凜久を、琉黎が横抱きに抱き上げた。

「寝所は？」と、琉黎が訊いた。

「…えっ……？」

「姫の寝所はどこだ」

まさか、これで終わりではないのか――。

言葉もなく目を見開いた凜久に、琉黎はもう一度「寝所はどこだ」と訊いた。


夢現に寝返りを打とうとして肘が壁にぶつかり、その衝撃で凜久は深い眠りの底から引きずり出された。

頭の芯が鈍く痛んで、眠りは破られているのに意識が覚醒していかない。手も足もひどく重く怠くて、起き上がる気力が湧いてこない。

その上、身体が何かに挟まれているようで、なんだか自由が利かなかった。

どうして、こんなに窮屈なんだろう——。

ともすれば、泥のような眠りに再び引きずられそうになる意識の中で、回らない思考をなんとか巡らせようとする。

ようやくの思いで渋く粘りつく瞼を開けると、目の前に逞しい裸の胸があった。

すぐには状況が飲み込めず、薄靄がかかったような頭の中で、昨夜、何があったのか思い出そうとして……、次の瞬間、凜久はハッと目を見開いた。

そうだ——！

慌てて起き上がりかけ、初めて自分が一糸まとわぬ姿のままで、しかも琉黎の腕枕で眠っていたことに気づいた。

琉黎はまだ、気持ちよさそうに眠っている…らしい——。

意外なほど長い睫毛が玲瓏な頬に影を落とし、薄く整った唇は微かに笑みをかたどっているようにも見える。

そのいかにも充足しきった顔を見た途端、昨夜の出来事が一気に蘇っていた。

同時に羞恥と困惑、ショックと動揺も怒濤のように押し寄せてきて息が詰まる。

居たたまれなさも極まった気分で、うわーっ、と、凜久は胸の裡で叫び頭を抱えた。

バスルームからここへ移動してからも、琉黎はさながら餓えと渇きを癒やそうとするように凜久の身体を貪り続けた。

昨夜はいったい、何度、琉黎にいかされたのだろうか——。

指先でこめかみを押さえ考えかけて、凜久はすぐに諦めた。

そんなことが、今さら分かるはずもなかった。

何しろ、途中から凜久の意識は完全に飛んでしまっていたのだから——。

もうダメだ、もう苦しい、もう許して——。

譫言のように訴え続けた記憶が、微かに残っている。それでも、琉黎は、凜久を貪ることをやめようとはしなかった。

本当に最後の一滴まで搾り取られ、精根尽き果て失神同然に眠り込んだのだろう。

改めて、目の前で図々しく眠り込んでいる琉黎の姿に目を落とす。

こめかみの傷はきれいに消えて、琉黎は元通りの美貌を取り戻していた。

瑠多の爪が引き裂いたはずの肩口の傷も、跡形もなく消え去っている。

これが、昨夜のあの痴態の成果だというのだろうか。かなり複雑な気分で、正直なところ腹立たしくもある。でも、ホッと安堵する気持ちもあった。

今、何時なんだろう。傍らの机に置いた時計を見ると、すでに昼近かった。

怒っているに違いない瑠多の顔が浮かんで、まずい……、と心の中で呟いた時、不意に鷹揚な声が聞こえた。

「目が覚めたのか」

満足しきった肉食獣のように伸びをして、琉黎が起き上がった。その見事に均整のとれた裸身につい目を奪われ、凜久はひとり顔を赤らめた。

慌てて琉黎に背を向けベッドを出ると、濡れそぼった狩衣が乱雑に脱ぎ捨てられていた。凜久は急いでクローゼットから着替えを取り出し、あたふたと身につけた。

背中に、琉黎の視線を感じる。

「ここにいて。今、何か着る物を探してくるから」

振り向かずに言い捨て、手櫛で髪を整えながら、凜久は逃げるように部屋を出た。

リビングへ行くと、とっくに店へ下りているはずの瑠多が、ラタンに白いクッションを並べたソファに座っていた。

新聞を読みながら、瑠多はのんびりコーヒーを飲んでいる。

「やっと起きてきたか」

こちらを見ようともせずにかけられた低い声に、凜久はびくっとして肩を窄めた。

別段、不機嫌な声ではなかったのだが、なんだか朝帰りを咎められた高校生のような気分で、どうにもばつが悪くてならない。

「…お、おはよう……。み、店は……?」

「今日は臨時休業だ。どうせ、ウチの店は元々不定休だからな」

バサバサと新聞をたたみ、瑠多はゆっくりと足を組み直し凜久の方へ向き直った。

「寝たのか」

「…えっ……」

「ヤツと寝たんだろう？」

別に詰問口調ではなかったし、表情も穏やかだったのに、凜久は思わず口ごもった。

嘘をつこうとか、ごまかそうとか思ったわけではなかった。

ただ、身の置きどころもない強い羞恥心から、つい反射的に首を振ってしまった凜久に、瑠多は唇の端を歪めるように苦笑した。

「キスマーク、派手についてるぞ」

瑠多は指先で、自分の首筋を揶揄するようにトントンと叩いた。

瞬時に真っ赤になって、首筋を手で押さえた凜久に、瑠多が冷静に追い打ちをかける。

「しかも、目の下にはクマまでできてる」

「……えっ、あ……、あの……、これ……は……」

何か言わなくてはと思うのだが、疚しさも相俟ってしどろもどろで言葉にならない。

最後まではやっていないのだ。自分はひたすら、琉黎に口でいかされただけなのだ、とは、さすがに恥ずかしすぎて言えるようなことではなかった。

赤面したまま口をぱくぱくさせた凜久の様子に、瑠多は仕方なさそうにため息をついた。

「そんなにうろたえなくてもいいよ。凜久はもう子供じゃないし、俺だって、いつまでも凜久の保護者ってわけでもない」

凜久は小学生の頃に両親を亡くし、唯一の肉親であった祖父も中学の頃に失った。それからはずっと、瑠多が親代わりになって、凜久を護り育ててくれたのである。ますます瑠多の顔をまともに見られなくなってしまい、凜久は顔を伏せた。

「凜久がヤツの想いを受け止める覚悟があってのことだというなら、俺は何も言わない」

続けられた言葉に、凜久はそろりと顔を上げた。

「…受け止める……覚悟……？」

「そうだ」と、瑠多は静かにうなずいた。

「琉黎が言うように、凜久の前世が葦耶姫だとして……。五百年前、琉黎と葦耶姫の間に何があったのか。凜久は聞いたのか？」

昨夜はそんな込み入った話をする余裕などなかった。何しろ、いきなり琉黎に押し倒され、あとはもうただただ貪られてしまったのだから――。

鎮まりかけていた羞恥心が再び湧き上がってきて、凜久はもじもじと身体を動かした。

そんな凜久の様子をどう取ったのか、瑠多は淡々と言葉を継いだ。

「凜久にとって、五百年前は遙かに遠い昔の話でしかない。でも、琉黎には昨日と同じだ。その違いは大きいぞ」

「えっ……」

困惑顔の凛久に、瑠多は噛んで含めるように話し続けた。

「いいか。琉黎は、五百年前からずっと生きているんだ。だから、ヤツにとって、五百年前の出来事は間違いなく今生の話だ。多分、ついこの間、と言ってもいいくらいの感覚だろう」

それは、琉黎と同じように、何百年と長い時を生き続けている瑠多だからこそ実感できる感覚に違いなかった。

「でも凛久にとって、五百年前は前世の話だ。もしかしたら、前世ではすまないのかもしれない」

「……前世ではすまない……？」

瑠多は静かにうなずいた。

「考えてもみろ。五百年だぞ。その間に、葦耶姫の魂は一度も生まれ変わらなかったのか？　それとも、何回か転生を繰り返した結果、今の凛久があるのか。それは、今すぐ分かることじゃない。琉黎だって、おそらく分かってないだろう」

そう言われれば、確かにそうだ、と凛久も思った。

だが、葦耶姫の魂が何回も生まれ変わりを繰り返していたのだとしたら、どうして今まで、琉黎と再会することができなかったのだろう。

いいや、五百年も経った今になってなぜ、と言うべきなのか。ただ単に、琉黎が封印されていたからなのか、それともまだ何か他にも理由があるのだろうか。

どちらにしろ、凜久にとっては気が遠くなるほど長いと思える五百年という時の空白は、琉黎には一瞬たりともないのだ。

やっと理解できたかという顔で、瑠多は凜久を真っ直ぐに見つめた。

「とにかく、凜久が考えるべきなのは、葦耶姫ではなく凜久の今生の生き方だ」

「僕の今生の生き方……」

「そうだ。琉黎と凜久では、時間の流れ方がまるで違う。その距離感を取り違えると、凜久の心が持たない。俺はそれを心配してる」

人型を取っているにもかかわらず、瑠多の双眸がきらりと金色に光った。

瑠多は心の底から、凜久のことを心配して言ってくれているのだ。

そう思うと、胸の裡が微かに軋み、同時に仄かに温かくなった。

子供の頃に戻ったような、懐かしくむず痒い気分で、凜久は黙って小さくうなずいた。

「琉黎の着る物がいるんだろう？　当座の着替えを用意しておいたぞ」

「えっ……」

なんでもお見通しだという顔で、瑠多は苦笑交じりに肩を竦めた。

「血だらけの狩衣姿で、そこらをうろつかれたらたまらんからな」

差し出された紙袋には、下着が一揃いとポロシャツとチノパンが入っていた。

「下着は、コンビニで買ってきた。服は俺のだが、なるべく大きいサイズのを選んでおいた。どうせまた猫臭いと文句を言うに決まってるが、裸でいるよりマシだと言ってやれ」

言いながら立ち上がった瑠多に、くしゃりと髪を撫でられた。

「ありがとう……」

子供扱いされ、甘やかされているようで、気恥ずかしくてたまらない。

「腹が減ってるんだろう。メシの支度をするから、食うなら出てこいと言ってこい」

キッチンへ向かう瑠多にもう一度、素直な気持ちで「ありがとう」と答えると、凜久は紙袋を手にリビングを出た。

パタンと後ろ手にドアを閉めひとりになった途端、すとんと肩が落ちていた。

「今生と前世の距離感か……」

噛みしめるように呟くと、瑠多に言われた一言、一言が、確かな重みを持って胸の底へ沈んでいくのが分かった。


凜久が部屋のドアを開けた途端、爽やかな風が頬をなぶった。

見ると、窓が開け放され、その前に全裸の琉黎が堂々と立って外を眺めていた。

背中の中ほどまである漆黒の髪が、吹き抜ける風にそよいでいる。

慌てて室内へ入ると、凜久は琉黎を押しのけ窓を閉めカーテンも引いた。

「何をする」

憮然とした低い声に、「誰かに見られたら困るだろ！」と怒り返す。

「見られると障りでもあるのか」

「当たり前だよ。そんな素っ裸で！」

何が問題なのか、まるで分かっていなさそうな顔の琉黎にため息をつきつつ、凜久は紙袋を差し出した。

「着替え。瑠多が用意してくれた」

押しつけるように紙袋を渡された途端、中も見ないうちに琉黎の眉がしかめられる。

「文句は言わせない」

何か言いかけた琉黎の機先を制し、凜久はきっぱりと言った。

「瑠多は僕の大切な家族なんだ」

「あの猫が……？」

「猫じゃない。瑠多は猫魈だ」

断固として訂正すると、琉黎はふんと鼻を鳴らしている。

「僕は両親を早くに亡くして、祖父に育てられた。その祖父も亡くなってしまった時、僕はまだ子供だった。兄弟もいなくてひとりぼっちになった僕に、瑠多だけが何も心配することはないって言ってくれて、ずっと傍にいてくれたんだ。家族はいなくなってしまったけど、僕のことをちゃんと大切に見てくれている人がまだいるんだって分かって、本当に心強かったし嬉しかった」

祖父が亡くなった時、遺された凜久をどうするか、親類の間で話し合いが持たれた。

自分の身の振り方が決められるというのに、まだ子供だからという理由で、凜久は話し合いの場に同席することすら許されなかった。

子供部屋でひとり、凜久は不安に押し潰されそうになりながら膝を抱えていた。

母方の伯父は、祓魔師などという前時代的なことを職業にしている葦原家を、常日頃から胡散臭く気味が悪いと思っていたようで、凜久は引き取れないとすでに宣言していた。

一番頼りになるはずの葦原本家の当主は、凜久に祓魔師としての資質があるのかどうかが問題だと言ったらしい。言外に、力も持たないただの子供を引き取っても、面倒なだけだという本音が透けて見える発言である。

子供だった凜久に詳しい事情は分からなかったが、葦原本家や他の親類たちと凜久の祖父や父親は、なぜか折り合いがよくないようで普段からほとんど交流はなかった。

だから、どの親類に引き取られても、厄介者扱いされて肩身の狭い思いをするだろうことは、子供の凜久にも分かっていた。でも、どこへも行きたくないと凜久が主張しても、ひとりではどうにもならないということも子供心に承知していた。

これから自分はどうなってしまうのだろう。自分はもう、ひとりぼっちになってしまったんだ。そう思うと、心細さのあまり泣くこともできなかった。

僕にはお父さんもお母さんもいなくて、頼りのお祖父ちゃんも死んでしまったのだから、我が儘を言ってはいけない。これから先は、何もかも諦めるしかないんだ。

子供ながら、そう健気に自分を納得させようとしていた凛久を、瑠多は泣きたい時は泣きたいだけ泣いていいと言って抱きしめてくれた。

そして、自分が親代わりになって凛久の面倒を見る、と申し出てくれたのだった。

『瑠多に任せれば、間違いない』

お荷物を抱えたくない親類たちは、さも瑠多を信頼しているような口ぶりでそう言いながら、その実厄介払いができるとばかりに瑠多の申し出に飛びつき二つ返事で了承した。

凛久から祓魔師としての力を引き出し、様々なことを教えてくれたのも瑠多だった。

「瑠多がいてくれなかったら、今の僕はなかった。だから、琉黎も瑠多にはちゃんと敬意を払ってほしい」

きっぱり言い切ると、琉黎は一瞬嫌そうな顔をしたがしぶしぶうなずいた。

「分かった。姫が世話になったのなら、仕方があるまい」

その姫というのもやめてくれと言いたかったが、いつまでも素っ裸の琉黎と向き合っていたくなくて、仕方なくその件は後回しにした。

瑠多が用意してくれたのは、深みのあるワインレッドのニットポロにダークブラウンのコットンパンツだった。

特別高価な品物ではないが、素材や縫製にも拘り(こだわ)を持っているおしゃれな瑠多が選んだ服らしく、落ち着いた大人の雰囲気の中にさりげない遊び心も感じられるデザインである。

長身で肩幅がしっかりしている琉黎がそれを着ると、まるでブランド物を身につけたモデルのように見栄えがした。

着慣れた狩衣とは勝手が違うようで、琉黎は袖や腰回りを気にして何度も見ている。

「よく似合ってる」

「そうか」

凜久が褒めると、琉黎は満更でもなさそうな顔をした。

「訊いてもいいかな」

「なんだ」

「五百年前、琉黎と葦耶姫の間には、何があったの？　琉黎が五百年も封印されていたことと、葦耶姫は関係があるの？」

ゆっくりと凜久の方へ向き直り、琉黎は怖いほど真剣な眼差し(まなざ)しで見つめてきた。

紫がかった深い紺色の眸が、探るような光を浮かべる。

「本当に、姫は何も覚えていないのか？」

「覚えてるわけない。人は皆、忘却の河を渡って生まれてくるんだ。だから、前世の記憶を持っている人なんて滅多にいない。そもそも、本当に僕が葦耶姫の生まれ変わりかどうかも分からないのに」

「それは間違いない。わたしには分かる」

琉黎が、断固として主張する。

「でも……。五百年も経つ間に、葦耶姫の魂は一度も転生しなかったの？　何回か、転生を繰り返していた可能性もあるよね」

「それは、あり得るだろうな」

「だったら、どうして五百年間、僕たちは再会できなかったの？　たまたま、僕が水晶ヶ池へ行った時に、封印が解けただけで……」

「それは、違う」

凜久の言葉を遮って、琉黎が声を張った。

「宿命の理に、たまたま、などということは絶対にない」

「……さだ…めの……理……？」

「そうだ」と、琉黎が重々しくうなずいた。

「この五百年の間、姫の魂は何度か転生を繰り返していたのかもしれない。それなのに再会できなかったのだとしたら、それは時が満ちていなかったからだろう」

「時が、満ちる……」

　呟くように、凜久は琉黎の言葉を繰り返した。

　五百年もの長い時間をかけ、さらさらと砂を落とし続けた宿命の砂時計。その砂の最後の一粒がついに落ちた瞬間が、あの水晶ヶ池での邂逅だったというのだろうか。

「琉黎と葦耶姫の間には、何があったの？　どうして琉黎は、五百年も封印されなければならなかったの？　僕に分かるように説明してよ」

「わたしが説明したら、姫はそれを己の物語として受け入れられるのか」

「そ、それは……」

　思いがけない問いかけに、凜久は言葉に詰まった。

「でも、僕が本当に葦耶姫の生まれ変わりなら、五百年前に何があったのか知る必要があるんじゃないかと思う」

「人は、忘却の河を渡って生まれてくると言ったな。ならば、河向こうに置き去りにしてきた記憶を取り戻す術はないのか」

「えっ……」

「宿命の理は、姫の魂に刻まれている。それを受け入れるか否か、決められるのは姫以外にはいない。たとえわたしが万の言葉を尽くして語ろうと、姫がそれを己自身の身に起きたことと受け入れられなければ空しい物語に過ぎない」

要するに、自分で思い出せということか、と凜久は思った。

「わたしの気持ちは、五百年経とうと毫も変わらぬ。だが、五百年経って、姫の気持ちはすでにわたしの上にはないというなら……」

切れ長の目を一瞬伏せ、それから琉黎は一息に続けた。

「その時は、潔く身を引こう。二度と、姫の前に姿は現さぬと誓う」

前世の出来事を思い出す――。

そんなことが、本当にできるのだろうか。

できるはずがない、と内心強く反発しながら、琉黎にとって五百年前は、今現在と一繋がりの今生なのだ、と改めて思う。

そして、凜久にとっての五百年前は、言うまでもなく、気が遠くなるほど遙かに遠い時代の話でしかない。

二人の間に横たわる、忘却の河の深さを思い知らされた気がして、凜久は言葉もなく目の前に立つ琉黎を見つめていた。


琉黎を連れた凜久がリビングへ戻ると、ダイニングのテーブルに瑠多がブランチの用意をしているところだった。

「なんか、手伝うことある？」

「もうできるから、いい。凜久は、いつも通りカフェオレでいいのか？」

「うん」とうなずいてから、隣の琉黎を見やる。

「コーヒー、飲めそうかな」

「なんだ、それは……」

キッチンへ入ると、凜久はデミタスカップにコーヒーを少しだけ入れた。別に用意したミルクと砂糖と一緒に、トレイに乗せてリビングへ戻る。

「これがコーヒー。ちょっと飲んでみて」

濃い褐色の液体を、琉黎は不審そうに見たが、凜久に促されると仕方なさそうにカップに手を伸ばした。

「熱いから、気をつけて」

まず、くんと匂(にお)いをかいでから、意を決したようにそっと口に含む。

「ほう……。悪くない」

「そう？　ミルクや砂糖を入れると、味が変わるんだけど。やってみる？」

凜久がまずミルクだけ入れると、琉黎は今度はためらいなく飲んだ。

「これはこれで悪くない」

「じゃ、砂糖も入れてみる？」

「砂糖を入れると甘くなるだろう」

どうやら、甘い味は好きではないらしい。

「じゃ、何も入れないブラックとミルクを入れたのと、どっちにする?」

確かめるように、琉黎はもう一口、ミルクを入れたコーヒーを飲んだ。

「何も入れなくていい」

「分かった。瑠多、琉黎はブラックでいいって」

甲斐甲斐しく琉黎の面倒を見る凜久を、ダイニングから眺めていた瑠多が、無言でうなずきキッチンへ戻っていった。

その微妙に苛立ちが滲んでいるような背中に、凜久はこっそりとため息をついた。

瑠多が作ってくれたのは、ベーコンとほうれん草、しめじの和風パスタと、ブロッコリーやアスパラ、プチトマトを使った温野菜のサラダだった。

ランチョンマットを敷いたテーブルの上に、できたてのパスタとサラダが運ばれてくる。

「フォークは使えるか?　箸の方がよければ用意するが」

「これは蕎麦の一種か?」

「まあ、似たようなものだな」

「蕎麦は寺で食べるものだろう」

「今は、誰でもどこでも食べるんだよ」

凜久には理解できない話だったが、瑠多には分かるらしい。さすがに長く生きているだけあると、感心してしまう。

「因みにそれは、蕎麦粉ではなく小麦粉を使っている。蕎麦というより、うどんに近いもので、スパゲティという物だ」

「なるほど。それでこれを、お前たちは何を使って食べるというのだ」

琉黎と並んで座った瑠多が、フォークとスプーンを使って実践してみせる。

「ほう。今は匙と箸ではなく、それを使うのか」

「箸も使うが、スパゲティを食べる時はこのフォークを使う。箸を使うか？」

「いや、これでやってみよう」

琉黎は用意されていたフォークとスプーンを手に取ると、ぎこちない手つきでパスタに突っ込んだ。掬い上げようとすると、パスタが逃げていく。

瑠多は黙って、もう一度フォークにくるくるとパスタを巻きつけ食べてみせた。

眉を寄せてそれを観察した琉黎は、今度は意外に器用にパスタを口に運んだ。

「どう？　美味しい？」

「悪くない」

「よかった」

ホッとして、凜久もフォークを手に取った。

「ところで、琉黎はいつまでここにいるつもりだ」

まさか、このままここに居座るつもりではないだろうな。

口には出さなかった、瑠多の心の声が聞こえた気がして、凜久はハッと隣を見た。

琉黎は黙って食事を続けている。

「今はどこにいるの？　まさか、まだ水晶ヶ池の岩室にいるんじゃないよね」

「もうあそこには戻れない。封印が解けてしまったからな」

水晶ヶ池を懐かしむかのように、遠い目をして琉黎が言った。

「五百年か……。なるほど、世も変わるはずだ」

「そうだな。一世紀近く続いた下克上の乱世が収まった後、太平の世が三百年ほど続いた。それから天下取りのやり直しがあって、外つ国との大きな戦が二度、世界中を巻き込むもっと大きな戦が二度起きた。二度目の大戦に敗れ、この国は完膚なきまでに打ちのめされたがしたたかに立ち直り、その後は平和と繁栄を享受し惰眠を貪っている」

思いっきり大雑把で、最後に皮肉のスパイスを効かせた瑠多の説明に、意外にも琉黎は戸惑う様子もなく嘆かわしげにうなずいた。

「知っているの？　封印されていたのに……」

「戦が起きると、土地の者たちはこぞって龍ヶ守神社へ縋りにきた。兵として連れていかれる身内の者が、無事に戻ってこられるようにと、皆、熱心に祈願していた。だが、産土

神の力は、外つ国の出来事にまでは及ばない。どうすることもできないもどかしさに、涓青がいつも嘆いていた」

「…けん…せい……？」

凜久の呟きは、琉黎の深いため息にかき消された。

「その時の経験で、縋っても無駄だと思ったのかもしれない。世が鎮まるにつれて社は忘れ去られ、やがて詣でる者もいなくなった」

コーヒーを飲み干し居住まいを正すと、琉黎は凜久を見た。

「五百年、封印されていたせいで、思った以上に霊力が落ちてしまった。霊力が回復するまで、姫の力を借りたい」

「…そ、それは……」

昨夜のようなことを、またするつもりなのか——。

言いかけて、凜久は瑠多の手前をはばかり、慌てて口を噤んだ。

そっと、向かい側の瑠多の様子を窺うと、不機嫌そうに腕組みをしているが、何も言おうとはしなかった。

「霊力の回復には、どれくらいかかるの？」

「そうだな」と琉黎は、数瞬、考えるように目を伏せた。

「ひと月。ひと月の間に、姫の気持ちを取り戻すことができなければ、わたしは潔くここを出ていこう」

一ヶ月か、と心の中で呟き、凜久は深く息を吸い込んだ。

つまり、琉黎はその一ヶ月の間に、葦耶姫の記憶を取り戻せと言っているのだ。

もしも葦耶姫の記憶を取り戻すことができたら、その時、自分の琉黎に対する気持ちも変わるのだろうか。

そう考えると、五百年前のことを思い出すのが、怖いような気もするが——。

「分かった」

きっぱりした凜久の返事に、何か感じるところがあったのか、琉黎の口元にあるかないかの仄かな笑みが浮かんだ。

愛しさと切なさが綯(な)い交(ま)ぜになったような笑みだ、と凜久は思った。

「よろしく頼む」

偉そうに言うなり立ち上がり、琉黎はリビングを出ていってしまった。

「凜久」

後を追おうとして立ちかけた凜久を、瑠多が呼び止めた。

振り向くと、怖いほど真剣な瑠多の眼差しと目がぶつかってしまった。

「いいのか!?」

思わず目を伏せて、凜久は小さくうなずいた。

「今は霊力も落ちているし、琉黎は悪いものじゃない。でも、ここで僕が拒絶したら、自棄を起こして禍津日神になってしまわないとも限らない。……それだけは、なんとしても防ぎたい」

禍津日神とは、世に災厄をもたらす邪神のことである。

眉を寄せた瑠多の唇が、何かを堪えるようにぐっと引き結ばれた。

「それに……」

伏せていた目を上げると、凜久は揺るぎのない眼差しで瑠多を見つめ返した。

「お祖父ちゃんがここにいたら、きっと琉黎の力になろうとすると思うんだ」

まあ、方法はちょっと問題だけどね、と心の中でつけ足す。

引き結んだままだった唇を何か言いたげに薄く開きかけ、でも結局何も言わずに、瑠多は黙って小さくうなずいた。

「瑠多、ごめんね」

「なんで謝る。凜久が自分で決めたことだ」

瑠多が寄せてくれる信頼が、気恥ずかしいけれど嬉しくてありがたい。

「ありがとう」

うっすらと微笑み返し、凜久は琉黎を追ってリビングを出た。

　都内の一等地に建つ近未来風デザインの高層ビルに入ったオフィスには、最新のＩＴ機器が揃い、高いスキルを持った社員が忙しそうに働いていた。

「葦原君、これ今日中にチェックお願い」

　パソコンに向かって忙しく作業をしていた女性社員から、声がかかる。

「分かりました」と、ファイルを受け取った途端、別方向から野太い声で呼ばれた。

「葦原、コンビニでコーヒー買ってきて」

「あ、はい」

　抱えていたファイルを机に置き、凜久はパソコンを睨んだまま、片手で千円札をひらひら振っている男に駆け寄った。

「ついでにサンドイッチもな。カツサンド」

「分かりました」

　足早に出入り口へ向かおうとした凜久を、背後からまた別の声が呼び止めた。

「あら、葦原君、コンビニ行くの？　悪いけど、あたしの買い物も頼んでいい？」

「いいですよ」

　振り向いた凜久がにこっと笑ってうなずくと、バッグから財布を取り出そうとしていた女性社員の顔がふにゃんと蕩(とろ)けた。

「レモンハーブウォーターとファインビターのチョコお願い。あと、おつりで葦原君も何か好きな物を買ってきていいわよ」

「ありがとうございます」

丁寧に頭を下げて、凜久はそそくさとオフィスを出た。

「仕事は、事務作業だけって話だったのに……。いくらアルバイトだからって、これじゃ使いっ走りの雑用係だよ」

エレベーターホールへ向かいながら、ついついぼやく。

凜久がITベンチャー『エクストリーム』で、アシスタントの名目で働き始めてから、今日で五日目だった。

『エクストリーム』は、インターネット決済などのクラウドサービスが事業の中心だと、人事担当者から説明されたが、正直なところ、勤めの経験もなくITに関する特別なスキルなども持ち合わせない凜久には完全には理解できなかった。

では、なぜ凜久はITベンチャーでアルバイトなど始めたのか。というより、そんな凜久がどうしてアシスタントとはいえ採用されたのか——。

もちろん、生活のためではない。

時代の最先端を行く新興企業の社長河村から、極秘の相談が入ったのは、十日ほど前だった。仕事中、突然、電源が落ちてシステムダウンしてしまうのだと言う。

電源が落ちるのは長くても数秒程度で、すぐに再起動がされるらしい。それでも、たとえ数秒でも前触れもなくシステムダウンしてしまうせいで、大切なデータが飛んでしまったりして被害は決して小さくないとのことだった。

当初、オフィス内の配線に障害が起きているのではないかと考え点検したが、どこにも問題はなかった。それなら、ビル内の電気系統に異常があるに違いない、と管理会社に調べてもらったがそちらも異常なしとのことだった。

それどころか、同じビルに入居している他社では、そんな現象は一度も起きていないことが分かった。

やはりオフィス内の配線に、なんらかの問題があるとしか考えられないということで、業者に依頼してオフィス内の配線をすべて新しくしてみた。

ところが、状況は少しも変わらないどころか、ますます悪化してしまった。

突然電源が落ちてしまうだけでなく、誰も操作していないパソコンが暴走を始めてしまったりと、およそ常識では考えられない現象が多発するようになってしまったのである。

パソコンの暴走により、何よりも大切な顧客データの流出という事態にも見舞われた。

もちろん、一番にコンピュータウイルスの感染やハッキングを疑い、そちらのスキャンも徹底的に行ったがどちらの痕跡も認められなかった。

『絶対に、何かの祟りだよ』

『お祓いしてもらった方が、いいんじゃないか』

時代の先端を行くオフィス内に、そんな非科学的な囁きが広がった。

でも、三十代半ばのやり手社長河村は、そんな迷信や俗言はまるで信じない質だったので、お祓いよりもオフィスを移転するというしごく合理的な方法を選んだ。

折良く、同じビル内の別のフロアに空きができたので、そこへ移ることにしたのである。出費は嵩んだが、配線もすべて新しくなり、心機一転して巻き返せばすぐ取り返せる。そう意気込んでいたのに、怪現象は少しも収まらなかった。

管理会社に訴えても、以前そのフロアに入居していた会社からは、そんな苦情はただの一度も出なかったし、ビル内の他社からもそんな訴えはないと突き放されてしまった。

ついに万策尽きた社長が、つてを頼って相談に来たのが凜久だったのである。

話を聞いた凜久は、すぐに瑠多とともに業務時間外のオフィスへ出向いた。

独特の嗅覚とフェロモン分析能力を持つ瑠多は、人間以外の何かがオフィスに出入りした痕跡を感じると言った。でも、正体を突き止めることはできなかった。

やはり、怪現象が起きているその場に遭遇する必要があるということになり、凜久がアルバイトとして潜り込むことになったのだった。

でも、勤務五日目にして、凜久はもうすっかり嫌気がさしてしまっていた。

「会社勤めって大変なんだなあ。ったく、時給安いのに、やたら人使いは荒いし……。僕には、絶対に向いてないな。ああ、祓魔師でほんとによかった」

　ぶつぶつと毒を吐きながら、コンビニの袋をぶら下げて戻ってきた凜久は、ビルの前にぼんやり立っている男性がいるのに気づいた。

　くたびれた上着を羽織り、両手をスラックスのポケットに突っ込んでいる。その丸まった背中に、黒い靄のようなものがまつわりつくように漂っていた。

　なんだろう、あれは――。

　思わず足を止めた凜久は、咄嗟に自身の気配を消した。瑠多のように結界を張ったりすることはできなくても、気配を消すくらいのことは朝飯前である。

　男性との距離を適度に保ちながら、そっと回り込み様子を窺った。

　よれよれのスーツにノーネクタイで、無精髭（ぶしょうひげ）を生やした男性の顔は蒼白く窶（やつ）れ、まるで生気が感じられない。

　この人は――。

　ごくり、と凜久は唾を飲み込んだ。うまく言えないが、何か強烈な違和感を覚える。

　間違いなく、何かに取り憑かれている。

「どうかしたんですか？」

　できるだけさりげなく、声をかけてみる。

　男性の顔が、ゆっくりと凜久の方へ向けられた。凜久を見た男性の両眼は落ち窪（くぼ）み、何も映していないように見えた。

「いいえ、別に」

喉に絡んだような、ひどくひずんだ声で男性は言った。

その時、正面玄関の自動ドアが開いて、エクストリームの女性社員三島が出てきた。

「あら、落合さん。お久しぶりです」

三島に声をかけられた落合の顔に、微かな感情の動きが見られた。

落合が微笑んだのだ、と分かるまでにタイムラグがあった。

寂寥感と悲哀、そして懐かしさの中に自虐も入り交じっているような、とても複雑で
笑みには見えないような笑みだった。

「忙しそうだね」

唇の端をわずかに吊り上げ、落合は皮肉っぽく言った。

「……ええ、まあ……。今日は、どうされたんですか?」

「うん、ちょっとね」

そう言うと、落合はすーっとビルの中へ入っていった。

自動ドアが閉まり、落合の姿が見えなくなった途端、三島が深いため息をついた。

「三島さん、今の人は……」

「ウチの会社の前の社長よ」

「前の社長？」

「エクストリームの創立者は落合さんなの」

「創立者は、河村社長じゃないんですか」

「河村社長は、落合さんの片腕だったのよ」

「どうして、落合さんは会社をお辞めになったんですか」

「ビジネスの世界には、いろんなことがあるのよ」

言葉を濁した三島に逆らわず、凜久は黙って小さくうなずいた。

重そうなトートバッグを肩にかけ直し、三島はどこかへ出かけていった。

三島の姿が見えなくなったのを確認してから、凜久はポケットからスマホを取り出した。

「瑠多。ちょっと調べてほしいことがあるんだ」

落合と河村の関係を調べてくれるように瑠多に頼んだ凜久がオフィスへ戻ると、オフィスは大混乱に陥っていた。

天井の蛍光灯がせわしなく点滅し、晴天のはずの窓の外も暗く陰っている。薄暗くなったオフィスの中に、社員たちの叫び声が交錯していた。

「なんで⁉　セーブしたはずのデータが全部飛んでる！」

「うそだろ！　俺、こんな発注した覚えないぞ！」

「ちょっと、誰かこれ止めてよ。強制終了しても、電源が落ちないってどういうこと⁉」

持っていたコンビニの袋を手近な机に放り出すと、凜久は急いでフロアの中央へ走った。

走りながら、素早く自身の気配を消す。そして、落合の姿がないか探した。

でも、落合はオフィスのどこにもいなかった。

不意に窓際のパソコンから火花が散り、女性社員の悲鳴があがった。

何か、ものすごく強い波動を感じる。これはいったい、どこから来ているのか――。

フロアの中央に仁王立ちしている凜久の髪も、逆立っていた。でも、気配を消しているおかげで、凜久が印を結び祓詞を唱えていることには誰も注意を払っていない。

もっとも、誰もがそれどころではないのだろうが――。

「諸々の禍事、罪、穢有らむをば、祓いたまえ、浄めたまえ。邪(よこしま)なるもの、疾く去れ！」

強く念を込めた凜久が二本揃えた指先を、火花を散らすパソコンに向けた瞬間、バシっと凄まじい音がオフィス内に響いた。

同時に、パソコンの背後にあった窓ガラスがひび割れた。

「きゃあーっ！」

再び、オフィス内に悲鳴が響く。

「鎮まれ！　祓いたまえ、浄めたまえ。鎮撫清浄なれ！」

凜久が再び唱え魔を祓うと、ようやく怪現象は収まった。

「なんなの!?　今の、なんだったの!?」

「わかんないよぉ」

「やだ、もう。怖かったぁ」

恐れ戦いた顔を見合わせる社員たちひとりひとりの様子を、凜久は注意深く窺った。

でも、そこにはなんの気配も感じられない。

ふっと息をつき、凜久も緊張を解き身体の力を抜いた。

「葦原君！」

社長室から飛び出してきていた河村が、鋭い声で呼んだ。

「そこにいたのか。探したんだぞ」

「はい」

落ち着いた声で応じると、凜久は近づいてこようとする河村を押しとどめるように手のひらを向けた。それから、改めてゆっくりとオフィスの中を見回した。

「何かがいた。確かにいた。でも……、あれはなんだったんだろう」

凄まじい波動を感じたが、禍々しさはそれほどでもなかった気がした。

激しい怒りと哀しみ、そして不思議なことに微かに愛おしむ思いもあったように思う。

あれは、なんだったのか――。

火花を散らしていたパソコンは、背面が無残に焼け焦げてしまっている。

背後にある、高層ビル用の強化ガラスが使用されているはずの窓ガラスがひび割れていた。その稲妻が走ったようなひび割れを、凜久はじっと見つめて動かなかった。

さすがに、昼間の大騒動の後では、残業をする気になどなれなかったのか、いつもなら就業時間を過ぎても誰も帰ろうとしないのに、その日は皆、終業を待ちかねたようにそそくさと帰宅していった。

おかげで、アルバイト開始以来、凜久も初めて定時で上がることができた。

帰宅した凜久が、「ただいまあ」と言いながら玄関ドアを開けた途端、食欲をそそるスパイスの匂いが鼻と空腹を刺激した。

「この匂いは、瑠多のキーマカレーだ！」

大喜びでリビングへ走り込んだ凜久を、キッチンから顔を出した瑠多が出迎えた。

「お帰り。お疲れさん」

「疲れたよー。僕は絶対にサラリーマンには向いてないって、よーく分かった」

大げさなほど盛大にぼやきながらスーツの上着を脱ぎ、締め馴れないネクタイを引き抜くと、やっと深呼吸できた気がしてしまう。

「それで、頼んだ件、何か分かった？」

「ああ。そっちのテーブルに、カメラが置いてあるから見てみろ」

「カメラ？　写真撮ったの？」

振り向きながら訊くと、ちょうど琉黎がリビングへ入ってきたところだった。凜久が帰ってきたのに気づき、自室から出てきたらしい。

笑みを浮かべ、ゆったりとソファに腰を下ろしている。

「今日、琉黎と一緒に行って撮ってきた」

「琉黎も一緒に？」

「バイトするって言うから、使ってやった」

「……バイト？　なんでまた……」

「さあね」

素っ気なく答えて、瑠多はキッチンへ戻ってしまった。

琉黎が転がり込んできてから、一週間。凜久の手前か、小競り合いこそしなくなったものの、相変わらず瑠多と琉黎の相性はお世辞にもいいとは言いがたい。

そんなふたりが一緒に出かけて、何か支障はなかったのかと心配になってしまう。

肩を竦め、凜久は琉黎のところへ行った。

「バイトなんか、しなくていいのに」

「仕事を手伝えば、報酬を払うと瑠多が言った」

「何か、ほしい物があるんだ」

隣に座った凜久の肩をすかさず抱き寄せ、琉黎が睦言のように耳元で囁く。

「金がなくては、姫への贈り物も買えぬ」

琉黎の唇が耳朶を掠め、うなじに吐息がかかる。

「えっ……。えーと、そうだ、写真。写真を見なくちゃ」

慌てて琉黎の腕を解いて抜け出ると、凜久はテーブルの上に置かれた、瑠多愛用のデジタル一眼レフカメラを手に取った。

液晶モニターに写し出された映像に、凜久は目を瞠った。

エクストリームが入居しているビルが、真上から写されている。

「何これ……」

「今日、瑠多と一緒に行って撮ってきた。撮ったのは瑠多だ」

「それは聞いた。でもこれ、空から撮ったの？」

何を驚く必要があるというように、琉黎はすました顔でうなずいている。

「車ごと運んでやった」

「えー……」

ちゃんと結界を張っていたのだろうから、万が一にも、誰かに見咎められたりはしなかっただろう。とはいうものの、真っ昼間、真珠色の龍が翼を広げ、車を抱えて飛んでいるところを想像すると、ちょっとだけ頭が痛い。

「爪さえ立てなければ、直接乗せてやると言ったが、瑠多が車も必要だと言うのでな」

問題はそこではないと思ったが、凜久は敢えて黙っていた。

「あっ、これ……」

何枚目かの写真に、凜久はハッと目をとめた。

ビルの窓から、火事でもないのに薄黒い靄が煙のように流れ出ている。多分、この靄が流れ出ているのは、エクストリームのオフィスの窓だろう。

「姫から電話があって、すぐにここを出た。先にオフィスの様子を見てから行く、と言ったのは瑠多だ」

ではこれは、あのオフィスが大混乱に陥っていた時の状況なのか――。

薄黒い靄が写っていたのは、何枚も連写で撮られた写真のうち、たった一枚だけだった。おそらく、瞬く暇もないほど一瞬で消え去ってしまったのだろう。

「これ、なんなんだろう」

「……追おうとしたが、追えなかった」

琉黎の言い方が引っかかって、凜久は写真から顔を上げた。

「追うって、この靄の中に何かいるのが分かったの？」

「さあな。車も抱えていたし、霊力の回復もまだ充分ではない」

「そうじゃなくて、何か見たんじゃないのかって訊いてるんだよ」

眉を寄せた凜久を強引に抱き寄せると、琉黎は背けた凜久のうなじに唇を押しつけた。

「もっと霊力が回復すれば、分かるかもしれない」

「……ちょっと、なんではぐらかすんだよ……。やめてったら……」

押し倒そうとするのに抗(あらが)いながら、凜久は琉黎から逃れようとして身をよじった。

でも、シャツの上から脇腹(わきばら)の辺りを触られただけで、背筋がゾクリとしてしまう。

霊力の回復と称する琉黎に、毎晩のように濃厚な愛撫を施され、すっかり身体が馴らされてしまっている。

「…りゅう…れ……」

瑠多がキッチンから出てきたら困る。そう言いかけた凜久の言葉を封じるように、琉黎の唇が重なってきた。

薄く開いたままだった唇をさらにこじ開け、厚みのある舌がするりと入り込んでくる。

それだけで、身体の芯が熱くなって、凜久は伏せた睫毛をふるわせ息を詰めた。

誘うように舌を絡められ、凜久もおずおずと応(こた)える。

「んっ……」

鼻から抜ける息が甘い音を立てた。ちゅっと恥ずかしい音を響かせ、唇が離れていく。

それを頭のどこかで名残惜しく感じていた時、耳元で低く甘い囁きがした。

「……姫……」

閉じていた目を、凜久はハッと開けた。

白々としたシャンデリアの灯りが目に飛び込んで、身体に充満した熱は風船から空気が抜けるように霧散していた。

「あとで！」

突っ張らせた両手で琉黎を乱暴に押しのけ、凜久は強く窘めるように言った。

「霊力の補充はあと！　瑠多がいる時は、こういうことはしない約束だろ！」

「いないじゃないか」

ただならぬ気配を敏感に察してか、瑠多はキッチンから出てこようとしない。

「いるだろ、キッチンに！」

腹立ち紛れに、キッチンにいる瑠多にも聞こえるように声を張る。

「それに、僕はお腹が空いてるんだ。食事が先だよ」

不満げな琉黎から顔を背け、凜久は咳払いをした。

「……そ、その前に、着替えて…くる……」

寝室へ誘っているように思われたら恥ずかしいと、思わず口ごもりつつ言った凜久の言葉を、琉黎はあっさりと却下した。

「着替えはしなくていい」

「えっ……」

誘っていると思われたら嫌だと思っていたはずなのに、凜久は登りかけた梯子を外されたような複雑な心境で琉黎を見た。

「どうして？」

「食事をすませたら、すぐに出かけると瑠多が言っていた」

「どこへ？」

ようやく、カレーやサラダの皿をワゴンに載せ、瑠多がキッチンから出てきた。

「出かけるって、どこへ行くの？」

半ば逃げるようにダイニングへ移動しながら訊いた凜久に、「まずは腹ごしらえだ」と瑠多がすました顔で答える。

「それとも、もう少し出てこなかった方がよかったか？」

「……瑠多！」

「車を抱えて飛んでもらわないとならないからな。霊力が切れて、途中で落とされたら、凜久だって困るだろう」

しれっと続けた瑠多を上目遣いに睨み、凜久は顔を赤くしたまま、ことさら乱暴にダイニングの椅子を引いた。

「エクストリームは、元々、大手ＳＩ企業『芙蓉ビジネス』の子会社として設立された会社だということは前にも話したな」

助手席に座った瑠多が、この十日の間に調べたことをまとめて説明してくれている。

凜久は一応、シートベルトをして運転席に座っているが、エンジンもかけていなければハンドルも握っていない。車は龍体になった琉黎が、軽々と抱えて飛んでいる。

夜空に映える真珠色の龍を、凜久はフロントガラス越しにチラ見してはひとり顔を赤くした。出かける直前に、途中で霊力が切れては困ると言われ、琉黎と濃厚すぎるキスをしたのである。その感触が、まだ身体にも唇にも生々しく残っている。

「凜久、聞いてるか？」

「……えっ、あ、ごめん、聞いてる。エ、エスアイってなんだっけ……？」

「ＳＩは、システムインテグレーターの略だよ」

「あー、ああ、そうそう……」

「ビジネスに必要な様々な情報システム……ソリューションの構築を請け負う企業を、ＳＩ企業というんだ」

思い出せないのについ生返事をした凜久に、瑠多が噛んで含めるように教えてくれる。

「ごめん……」

瑠多は微かに苦笑した。

「つまり、落合さんも河村社長も、元は芙蓉ビジネスの社員だったってことだよね」

「そういうことだ。会社の事業が軌道に乗ったところで、落合は独立を決意した。ＭＢＯって分かるか？　マネジメントバイアウト。経営者や従業員が、自社の株式を取得して事業経営を承継することだ」

凜久はうなずいた。

「前に、テレビドラマで見たことがある」

「芙蓉ビジネス側との話し合いも首尾よくいき、落合はＭＢＯを実施しようとした。それを、河村が乗っ取り同然に横取りしたんだ」

「そんなことができるの？」

「できたから、今は河村が社長なんだろ」

「そうだけど……」と、凜久はうなずいた。

「もしかして、今度の怪現象は落合さんの恨みが原因？」

「おそらく」

「そういうことかー」

凜久の脳裏に、まるで生気を感じられなかった落合の横顔が浮かんでいた。

落合に会った時に感じた強烈な違和感は、強い恨みの念が凝り固まっていたからなのか。

でも、それだけではないような気もするのだが――。

「ＭＢＯには資金がいるよね。乗っ取るにも、資金は必要なんじゃないの」

「落合はメインバンクにも裏切られたんだよ。というか、ほとんどハメられたんだ」

「どういうこと？」

「融資を約束していた銀行は、最初から落合ではなく河村についてたんだ」

「ひどいな、それ……。だけど、どうしてそんな……」

「リベートを払うなら、社長にしてやると野心家の河村に話を持ちかけ誘い込んだんだ。落合とは、経営方針を巡って対立があったらしい。落合はプライドが高く、少々偏屈なところもあって、銀行側の人間に扱いづらいと感じさせることがあったようだ」

「そうだったんだ……。でもそれなら、落合さんは河村社長もだけど、メインバンクも恨んでるんじゃないの？　銀行側には、何も起きてないの？」

「起きてた」

「えっ」

　ぎょっと顔を向けた凜久を見て、瑠多は小さく肩を竦めた。

「河村からリベートをもらう約束で裏切りを主導した、当時の銀行支店長は、半年前、不正融資の証拠データが、なぜか本店の全パソコンに一斉送信されるというあり得ない事故のせいで懲戒解雇の上、背任で逮捕された。その元支店長と組んで落合をハメた当時の融資担当者は、ちょうど同じ頃に趣味の自転車でツーリング中に事故に遭っていた。頸髄損傷で四肢麻痺（まひ）、今も懸命のリハビリに励む毎日だ」

「半年前って、エクストリームに怪現象が起き始めたのとも同じ頃だよね」

「今日、会って話を聞いてきた。普通に走行していたら、突然、かけた覚えがないのに強いブレーキがかかってしまったんだそうだ。競技用の自転車は車体が軽いから、急ブレーキをかけたりすると、前輪を軸につんのめるように前方回転してしまうことがあるそうで、彼の場合もぐるっと一回転して、背中から路面に叩きつけられ頸髄を損傷してしまった。ツーリングに出る前に、車体の点検は念入りにしていたし、事故から半年経った今でも、坂道でもないところでなぜ急ブレーキがかかってしまったのか分からないと言っていた。まるで、誰かに突然自転車を摑まれて無理やり止められたようだったと……」

「霊的な作為を感じる事故ってわけだ」

瑠多が黙って小さくうなずくのを見て、凜久はふーっと深い息をついた。

「そろそろ着く頃だな」

シートベルトを外し、瑠多が窓の外の下界を覗き見る。

眼下に広がっているのは、閑静な住宅街だった。

抱えていた車をそっと道路に置くと、ほぼ同時に琉黎も人型に戻った。

車から降りた凜久は、瑠多や琉黎と一緒に、高い塀に囲まれた豪邸の前に立った。

「ここが河村社長の家？　なんか、すごい家だね」

かなりの高級住宅街らしく、付近に建ち並んでいる家も瀟洒な邸宅ばかりである。

その中でも、河村社長の家は敷地も広く、建物も豪勢だった。

「まだ、新しそうな家だけど」

「半年前に完成したばかりだそうだ」

またも符合する時期に、凜久は眉を寄せた。

「……半年前？」

「ああ」

声と同時に、瑠多が身軽に塀の上へと飛び上がった。塀の上に着地した時には、瑠多は三本の尾を持つ猫魈の姿になっていた。

そのまま、瑠多はひょいと塀の向こう側へ飛び下りてしまった。

「ちょっと……！」

呼び止めようと声をあげかけて、凜久は辺りをはばかり慌てて口を押さえた。

「姫も行くか？」

「行くって、人の家に忍び込むってこと？　そんなこと……」

「嫌なら、車で待っていろ。祓いが必要なら、迎えにくる」

「どういうことだよ」

よく分からないが、瑠多と琉黎の間では打ち合わせがすんでいるらしい。

ついこの間まで、何かといえば埒もない小競り合いを繰り返していたくせに、今回のこの連携の良さはなんなんだ。突然、のけ者にされたようで、ものすごく気に入らない。

膨れっ面で、凜久は琉黎を睨んだ。

「僕にも、ちゃんと説明してよ」

凜久の抗議を無視するように、琉黎の身体が人型のままふわっと浮き上がった。凜久は慌てて、琉黎の手を摑み引き留めた。

「ちょっと待てよ」

「行くか？」

きゅっと唇を引き結び、凜久が心ならずもうなずいた瞬間、身体が浮いた。

「っ……！」

思わず出かかった小さな叫びを、凜久は慌てて呑み込んだ。

河村邸は建物も豪勢だが、庭も驚くほど広々していた。河村は留守なのか、家の中に灯りはついておらず静まりかえっていた。

念のため、先乗りした瑠多が結界を張ったらしく、塀の外の物音は聞こえてこない。

瑠多は、塀際の大きな木の陰にいた。散り敷いた真っ白な花は、夏椿の花だった。

月明かりを受け、瑠多の金色の目が炯々と油断なく光っている。

瑠多の方へ歩きかけた凜久の腕を素早く摑むと、琉黎が無言で反対側の庭の奥を指さした。見ると、落合が俯きがちに立っている。

　でもそれは、落合の姿をしていても、おそらく落合ではなかった。落合の姿をしたものから、昼間、オフィスで感じたのと同じ波動を感じる。

　そして、昼間よりもさらに強い違和感——。

　凜久が咄嗟に気配を消したせいか、落合は凜久たちの存在に気づいていないようだった。

　改めて、凜久は落合の様子を窺った。埋め込み式の庭園灯に下から照らされた落合の顔は土気色で、まるで幽鬼のようにしか見えない。

『半年前、落合は失意のうちに病気で亡くなっている』

　頭の中に、琉黎の声が直接響き、凜久は声もなく目を見開いた。

　落合に会った時に感じた違和感は、彼が幽鬼だったからなのか。でもそれならそうと、気がつかないはずがない。あの時も今も、凜久は落合から確かに命の揺らぎを感じていた。

　何より、落合が今も放っている波動の正体が分からない——。

　不意に落合の身体がゆらりと大きく揺らぎ、引き伸ばされるように長く伸び捻れた。

　何かに変容しようとしている？

　そう思って、即座に印を結び祓おうとした凜久を、琉黎が止めた。

『少しだけ、わたしに時間をくれ。頼む』

　どういうことなのか問い質したい気持ちを抑え、凜久は黙って結びかけた印を解いた。

すると、琉黎は下半身だけ龍体に戻し、滑るように芝生の上へ出ていった。

月光に照らされ、真珠色の鱗が涼やかな光を放つ。

ぐにゃぐにゃと変容しかけていた落合の動きが不意に止まり、落ち窪んだ黒い空洞のようになっていた両眼に光が点った。

「あ、あなたは……天龍……？」

落合の口から、昼間聞いたしゃがれ声ではなく、まだ幼さが残る少年の声が響いた。

「我が名は琉黎」

「……っ！　琉黎様……？　本当に⁉」

「お前は、この地に棲まう精霊だな。何故、人に仇をなす」

厳しい叱責に落合はうなだれ、微かに首を振った。

「仇をなしたは、わたしではありません」

俯いていた顔を上げ訴える。

「だが、お前が力を貸している。そうであろう。なぜ、そのようなことをした」

落合の姿をしたものは唇を引き結び、何かを訴えるように琉黎を見つめている。

「答えよ！」と、琉黎の凛とした声が響いた。

「……長く棲まった地を奪われ行くあてもなく漂っていたわたしと、響き合うものがあったのです。身の上を聞くとあまりにお気の毒で、わたしにできることなら力を貸してあげたいと思ったのです。……でも、もうやめたい。やめなければならない。そう思って、離れようとするのですが、どうしても放してくれないのです。どうしたらいいのでしょう」

「恨みの念を強く残した亡者に、取り込まれ呑み込まれてしまったのか」

琉黎が声を和らげると、落合の目から涙が溢れ、土気色の頰を伝わり落ちていった。

なるほど、そういうことか、と凜久は思った。ずっと落合に感じていた違和感や波動の正体が朧げながらやっと分かった。

「……寂しかったのです。誰もわたしに気づいてもくれない。ただ、この者だけが……」

しゃくり上げるように言って、落合の姿をしたものは縋るように琉黎を見た。

「でも、もうこれ以上のことは……。……琉黎様、どのような罰もお受けいたします。どうかお助けください」

「姫」と琉黎が呼んだ。

「あなたは、昼間の……」

木陰から出ていった凜久を見た途端、落合が怯えたように後退った。

「この者と同化している、落合の魂だけを浄化することはできるか」

凜久は、しくしくと幼い仕草で泣いている落合を見た。

簡単な祓いではない、と思う。

でも、取り込まれた精霊の意識の方が表に出て、凝り固まった落合の恨みの念が鳴りを潜めている今ならできるかもしれない。

「やってみる」

「琉黎様……」

不安げな声に、琉黎は優しく宥めるように言った。

「大丈夫だ。決して、悪いようにはせぬ」

落合がうなずいたのを見て、凜久はすっと息を吸い込み印を結んだ。

「諸々の禍事、罪、穢有らむをば、祓いたまえ、浄めたまえ」

静謐な月明かりの射す庭に、凜久の声が静かに流れる。

落合をなるべく刺激しないように、凜久は穏やかに諭すように祓詞を唱えた。

不意に、「やめろ！」と、聞き覚えのあるひずんだ声が響いた。

落合は苦しそうに胸をかきむしっている。

「やめてくれ！　俺は……！」

「落合さん」と、凜久は静かに呼びかけた。

「どうかもう、今生の恨みは捨ててください。そうでないと、来世にも障りが出ます」

「……来世…だ…と……。そんなもの！」

「今生の怨嗟(えんさ)に捕らわれるあまり輪廻の輪から外れてしまったら、取り返しがつかなくなります」

宥め賺しながら、改めて印を結ぼうとする。でも、落合の恨みの念が強すぎて結べない。

「嫌だ！　俺にはまだやることが残っているんだ」

「……わた…し…は、もう苦しい……。憎むのも…恨む…のも……もう……嫌……」

落合の声の陰から、少年の悲痛な声が呻くように聞こえた。

「放すものか！　お前の力が、俺にはまだ必要なのだ」

「ああ……」

啜り泣く少年の声が、落合の怨念にかき消されてしまう。

「落合さん。どうか気持ちを鎮めてください。河村さんの仕打ちは赦せなくても、自分が作り上げた会社や苦楽をともにした社員たちは可愛い。本当は、皆を苦しめたくない。そう思って、迷う気持ちもあるのではないですか？」

「…なに……？」

動揺したのか、わずかに落合の力が弛んだ。

「僕は昼間、落合さんが会社や社員を案じている気持ちを感じ取りました。どうか、あの時のことを思い出してください。そうでないと、たとえ復讐を果たしても、未来永劫、恨みの念に取り憑かれたまま彷徨い続けなければならなくなってしまいます」

「……かまわん！　河村を赦すなんて……。できない。絶対にできない！」

「誘惑に負けて罪を犯し、今生で深い業を背負ってしまった河村社長の来世は、今のままでは決してよいものにはならないでしょう。でも、因果応報、人を呪わば穴二つと言うでしょう？　落合さんも今生の恨みを早く断ち切らないと、来世で河村さんと同じことになってしまいますよ。それでも、いいんですか？」

落合が黙った。

「今なら、まだ間に合います。どうか、僕の声を聞いてください」

凜久は必死に印を結ぶと、気持ちを込めて慰誨の祓詞を唱えた。

「諸々の禍事、罪、穢有らむをば、祓いたまえ、浄めたまえ、滌瑕盪穢、禍心祓除」

今生の恨み辛みを後の世に引きずらないように、真っ白な気持ちに返って輪廻の輪に入っていけるように――。

「今ここに、瑕を滌い浄め、穢を盪ぐ。願わくば、包蔵禍心の……」

責めるのではなく優しく慰めるような、透き通った凜久の声が風に乗って流れていく。

落合の魂は凜久の祓いに抗い、まるでゴム人形になったかのように、身体が縦に横に伸び捻れていた。

それでも、唸るようなひずんだ声は、少しずつ、少しずつ静かになっていった。

ついにその声がやんだ時、落合の姿は吹き抜けた一陣の夜風とともにかき消えていた。

あとには、十四、五歳くらいに見える、童水干を着た少年がひとり倒れ伏していた。

「しっかりしろ」

芝生に膝をついた琉黎が抱き起こすと、少年が閉じていた目を開けた。

目鼻立ちの整った、人形のように愛らしく儚げな美少年だった。

長い睫毛に縁取られた、黒々と濡れたような双眸が揺らめいている。

「琉黎様……」

涙声で呼ぶなり縋りついてきた少年を、琉黎がしっかりと抱きしめた。

「辛かったな。苦しかったであろう。もう、大丈夫だ」

肩をふるわせて泣く少年の背中を優しくさする琉黎を、凜久はなんだか複雑な気持ちで見つめていた。


リビングのソファにしょんぼりと座った少年の傍らに、琉黎が寄り添っている。

少し離れたダイニングの椅子に腰かけて、凜久はふたりの話を聞いていた。

「お前は、ずっとあの地に棲まっていたのか」

少年がこくりとうなずく。

「昔、あそこには鬱蒼（うっそう）とした山があり、清らかな流れもありました。わたしは長く山に棲まいしていましたが、ある時、長年の願いが叶（かな）えられ、水の中に棲まうことを許されたのです」

少年の言う『昔』は、どのくらい前の話なのか。おそらくは、気が遠くなるほど遙かな時代の話なのだろう、と凜久はぼんやり思った。

キッチンから出てきた瑠多が、少年の前にマグカップをそっと置いた。

「ココアだよ」

「……ここあ？」

少年は不思議そうにマグカップの中を覗き、それから小首を傾げるように瑠多を見た。

「あなたは、先ほど、夏椿の木の下にいた方ですね。……人では、ない」

「そうだよ。普段は人型をしているが、俺は猫魈だ。君は、蛟だね」

「はい。元は、あの辺りにあった山に棲む蝮でした。発願して修行を積み、五百年前にようやく蛟となることができました。あと一息……、そう思っていたのですが……」

哀しげに俯いた少年に、瑠多がココアを勧めた。

「甘くて美味しいから、飲んでごらん。気持ちが落ち着くよ」

少年は瑠多の顔を見て、それから傍らの琉黎を窺うように見やった。

琉黎が微笑みながらうなずくと、ようやくカップに手を伸ばしおずおずと口へ運んだ。

「美味しい。人の世には、こんな物もあるのですね」

ぱっちりとした目を瞠っている少年に、瑠多も優しく笑っている。

「五百年前、わたしたちの守護をしてくださっていた、天龍の皇子である琉黎様が封じられてしまったと聞き、誰もがこれからどうなるのかと不安に思いました。守護を失い災いが起きるのではないかと噂が広まり、あの辺りに棲んでいた精霊たちはほとんどがアチラ側へ棲み換えていきました。でも、やっと蛟になれたばかりだったわたしは、残ると決めたのです。馴染(なじ)みのないアチラへすぐに行くのではなく、あと一息、もう一息修行を積み、それから移り棲みたい。そう思って……」

「すまない。わたしの勝手で、お前たちにまで迷惑をかけてしまったのだな。……許してくれ」

両手で包むように持っていたマグカップをテーブルに置き、少年はポニーテールのように高く結んだ垂髪を揺らし強く首を振った。

「迷惑だなんて、そんな……。とんでもないことでございます。残ると決めたのは、わたし自身なのですから」

俯いた少年の華奢(きゃしゃ)な肩を、琉黎が慰めるように抱き寄せた。

「……琉黎様。もったいない」

恐縮しながらも、少年は琉黎の胸にうっとりと頬を寄せている。少年の伏せた長い睫毛が、涙に濡れ微かにふるえていた。

その光景を目にした途端、なぜか急に居たたまれないほどの苛立ちが募ってきて、凜久は思わず立ち上がった。

コーヒーでも淹れようとキッチンへ入ったのに、気が変わって冷蔵庫を乱暴に開けると缶ビールを取り出していた。

缶を開け、立ったまま喉を鳴らして飲んでいると、瑠多が戻ってきた。

「なんだ、ヤケ酒か」

「どうして僕が、ヤケ酒飲まなくちゃならないんだよ」

突っかかった凜久を苦笑でいなすと、瑠多も缶ビールを取り出し飲んでいる。

「やっぱり、一仕事終えた後に飲むと格別だな」

はぐらかされた気分で、凜久はため息をついた。

「瑠多。蛟って何?」

「蝮の中で特に選ばれたものだけが、修行を積み水に棲む虺というものに転生することができる。虺となってから、さらに五百年修行を重ねると蛟に生まれ変わり、それからさらに五百年経つと蛟龍になることができると言われている」

「アチラ側って、神霊界のことだよね。天龍と蛟龍は、同じ龍でも違うの?」

「神霊界には、眷属である精霊も多く棲んでいるはずだ。おそらくあの子は、晴れて蛟龍に転生してから、アチラ側へ移り棲みたいと望んだんだろう」

空き缶をダストボックスに放り込み、瑠多はやるせなさげなため息をついた。

「でも、急速に開発が進んで棲み処を追われ、修行どころではなくなってしまったんだろ

うな。行くあてもなく漂ううちに、寂しさや心細さが怒りに掏り替わり、結果的に落合の妄執に引きずられてしまったんだろう。可哀想に。せっかくあそこまで漕ぎ着けて、龍になれるまであと一息だったんだろうに……」

元は普通の猫として生を受けた瑠多が、どのようにして猫魈となったのか、詳しい話を聞いたことはないが、一朝一夕にして成ったことでないくらいは想像がつく。

だからこそ、瑠多にはあの少年の無念さや哀しみが、我がことのように分かるのだろう。

凜久は、そっとリビングへ戻ってみた。

相変わらず、少年に寄り添っている琉黎は、凜久が斜向かいに座っても顔も向けなかった。少々ムッとしつつ、苛立ちを抑え、凜久は少年の話に耳を傾けた。

「琉黎様の後を継がれた藍清様は、人の世の移り変わりがあまりに激しくなりすぎたので、扉は早急に閉めた方がよいとお考えとのことでした。間もなく、あちこちの扉が閉まり始めると、残っていた仲間たちも我先にとアチラ側へ逃げ戻っていきました。でも、わたしは、すべての扉が閉まってしまうまでには、まだもう少し時間があるのではないかと思って……」

「棲み換えを思いとどまり、結果的に取り残されてしまったのだな」

悄然として、少年はうなずいた。

「今のあの家が建つ前の古い家には、裏庭に古井戸がありました。わたしはそこで、細々と命を繋いでいたのです。何代か住人が入れ替わり、ある時からひとりの画家が住まいするようになりました。訪ねてくる者も滅多になく、ひとり暮らしの画家の生活はとても静かでした。天気のよい日には庭で絵を描き、月夜の晩などには縁側で酒を飲んでいました。そんな夜は、わたしもそっと井戸から出て、画家の足元の草むらから一緒に月や花を愛でたりしました。もちろん、画家はわたしのことになど気がつきませんでしたが、わたしは画家とともに過ごす穏やかな時間が大好きだったのです」

　ぱっちりとした丸い目を細め、少年は懐かしそうに話していた。

「やがて、大きな戦争が始まって、疎開のため画家が家から去ってしまった時は、本当に寂しくて哀しかったです。でも、いつか戻ってきてくれるのではないかと思い、家が空襲で焼け落ちたりしないよう、わたしなりに力を尽くして待ち続けました。だから、戦争が終わり画家がまた戻ってきてくれた時は、もう嬉しくて嬉しくて……。思わず、季節も忘れて、庭中の花を咲かせてしまったほどでした」

「そうやって、お前は画家の暮らしを護っていたのだな」

「わたしごときの力では、護るというほどのことはできませんでした。ただ、画家が無事に歳を重ねていけるように、できる限り災厄が及ばないよう気を配るくらいで……。やがて、老人となった画家が亡くなって、ずいぶん長い間、あの家には誰も住む者はいませんでした。風の精に聞いた噂話では、権利関係とかいうのがひどく込み入っていて、売ろうにも売れないのだということでした。家も庭も荒れ放題でしたが、わたしには行くあてもありませんでしたし。それに、あの地には画家との思い出もありましたから、立ち去ることはどうしてもできませんでした」

「でも……」と、少年は唇を噛んだ。

「ある日、大勢の人間が突然やってきて、朽ちかけていた家を取り壊し始めました。新しい家が建つのだと思いました。どうなるのかと不安に思いながら様子を窺っていたら、人間はわたしが棲んでいた井戸へも石やゴミを投げ込み始めたのです」

つまり、権利関係の問題が解消して土地が売りに出され、それを河村が手に入れたのだろう。そして、新しい家を建設するために、ろくな地鎮も行わないまま古井戸も埋めてしまったということらしい。

せっかく、守護の精霊が棲み着いていたのに、無惨に追い出してしまうとは――。無知のなせる仕業とはいえ愚かな話だ、と、聞いていて凜久も嘆かわしく思った。

「画家が大切に愛しんでいた花蘇芳(はなずおう)の木も、容赦なく切り倒されてしまって……。それを目にした時、怒りがこみ上げて、つい……仕返しをしたいと……思ってしまったのです」

追い出された怒りよりも、少年は画家との大切な思い出を踏みにじられたことの方が許せなかったのだろう。

「新しい家が完成し、新たな住人が引き移ってきた夜、幽鬼となった落合が現れました。

それは強い恨みの念を放っていて……」

「その恨みの念に、お前は感応してしまったのだな」

細い首を折るようにうなずいてから、少年は凜久の方をちらりと見た。

「はい……。でも、昼間、あちらの方の祓いを受けた時に、我に返ったのです。わたしは、いったい何をしているのだろうと……。人を傷つけるなど、絶対にしてはならないことだったのに……。それで、急いで離れようとしたのですが……」

ほろりとこぼれ落ちた涙を、白い手で拭うと、少年は深々と頭を下げた。

「申しわけありませんでした」

「お前のせいではない」

慰めるように言うと、琉黎はようやく凜久の方を見た。

「紙と筆を貸してもらえないか」

「筆？　筆ペンでよければあるけど……」

訝しげに、琉黎は眉を寄せた。

「よく分からんが、まあよかろう。ではその筆ペンと巻紙を持ってきてくれ」

今度は、凜久が眉を寄せる番だった。

「巻紙なんかないよ。普通の紙でいい？」

ぶすっと言い返した凜久に、琉黎がうなずく。

仕方なく、凜久が立ち上がりかけた時、思いがけず瑠多が口を挟んだ。

「巻紙はさすがにないが、硯箱ならあるぞ」

「頼む。貸してくれ。文を書きたい」

「分かった」

あっけにとられる凜久をよそに、瑠多はさっさとリビングを出ていくと、すぐに蒔絵を施した硯箱と和紙の束を持って戻ってきた。硯箱は桃山時代の吉野山滝山水図の見事な逸品で、和紙は手漉きの高級和紙である。

ダイニングのテーブルに硯箱を置き墨をすり始めた瑠多を見て、凜久は肩を竦めた。

「すごいね。よくそんなの持ってたね」

「この硯箱は、爾示の形見だ。俺に書を教えてくれたのも、爾示だ」

「そんな大切な物を貸すんだ。いつの間にか、琉黎とずいぶん仲良しになったんだね」

「別に仲良しってほどじゃない。今回は、あの子のことがあるからな……」

「ふうん……。瑠多も、あの子が可愛いんだ」

つい、余計なことを言ってしまった。言わなければよかった、と凜久は即座に自分の愚かしさを後悔したが、幸いなことに賢明な瑠多は聞き流してくれた。

典雅で清々しい、墨の香りが漂ってきた。

瑠多が墨をするにつれ、深まるその香りに包まれ、ざわついていた凜久の気持ちも次第に鎮まり肩の力も抜けていった。

深呼吸するように、凜久は墨の放つ爽やかな香気を吸い込んだ。

「ところで、お前の名はなんという？」

少年は力なく首を振った。

「わたしに、名などありません」

「では、わたしが名付けてやろう」

驚きに、少年の目が大きく見開かれた。

「琉黎様に名をつけていただくなんて、そんなもったいないこと！」

墨をすり終わった瑠多が、硯箱と和紙を琉黎の前に置いた。それへ、たっぷりと墨を含ませた筆で、琉黎は墨痕(ぼっこん)鮮やかに『命名　蘇芳(すおう)』と見事な達筆で書いた。

「お前が大切に思っていた画家が愛しんでいたという、花蘇芳に因んだ名前だ。きっと、画家の魂もこれからのお前を見守ってくれるだろう」

「蘇芳……」と、少年が含羞(はにか)んだように呟いた。

「封じられ、力を失ったわたしが名付け親では、さしてありがたみもないかもしれぬが」

慌てたように、少年が強く首を振った。

「いいえ、いいえ！　ありがとうございます。ありがとうございます。これからはさらに身を慎み、どのようなことがあろうとも、琉黎様にいただいた名に恥じぬように精進いたします」

恐縮しきった顔で言うなり、蘇芳と名付けられた少年は大粒の涙をほろほろとこぼした。

琉黎は優しく微笑むと、新たな紙にさらさらと筆を走らせ始めた。

でも、あまりに達筆すぎて、何を書いているのかすぐ傍で見ているのに、凜久にはさっぱり読めず何も分からなかった。

それがまた、なんだかおもしろくない。自分が苛立つのはお門違いだと分かっているのだが、せっかく鎮まった胸の奥がチクチクしてしまう。

琉黎の斜向かいに座り込み、凜久は憮然として手紙を書いている琉黎を見ていた。

ずいぶんと長い手紙を二通書き上げ、それぞれ署名のあとに見事な花押を書き込むと、琉黎はようやく筆を置いた。

きちんと折りたたんだ手紙を、琉黎は新たな和紙で丁寧に包み宛名を書き込んだ。

「これを持って水晶ヶ池へ行くといい。社は取り壊されてしまったが、あそこならまだ扉が開いているはずだ。おそらく、涓青も産土神としてまだコチラ側にいるはず。涓青にこの文を渡せば、必ず蘇芳の身の振り方を考えてくれる」

「涓青様」

「そうだ。それから、こちらは我が弟、藍清宛の文だ。アチラへ戻ったら、これを持って藍清を訪ねればいい」

「でも……。わたしごときが、藍清様をお訪ねしたりしてもよいのでしょうか」

「案ずることはない。涓青にも、口添えを頼んでおいた」

「ありがとうございます。何から何まで……。このご恩は、決して忘れません」

蘇芳は涙を流し、二通の手紙を両手で押し頂いた。

「それでは、わたしはこれで失礼いたします」

「すぐに発つか？」

「はい。夜が明けぬうちに参ろうと思います」

琉黎に書いてもらった手紙を大切そうに懐にしまうと、蘇芳は瑠多の方を見た。

「あの、よろしければ、お名前を教えていただけますか？」

「俺は瑠多。ここにいるのは祓魔師の凛久だ。もしも、手紙の宛名の方に会えなかったら、必ずここへ戻ってくるんだよ」

「はい。瑠多様、凛久様。助けていただき、本当にありがとうございました」

深々と頭を下げると、蘇芳はリビングからテラスへ出て黒い蛇体に変化した。

四肢はあるが角はなく、琉黎が変化した時のような翼も持っていなかった。

翼がないのにどうするのかと見ていると、蘇芳はすっと浮き上がり、蛇行するように身体をくねらせ夜空を渡っていった。

テラスに立ち、琉黎は蘇芳の姿が夜の闇に溶けて見えなくなっても、まだじっと目を凝らし見送っていた。夜風に、琉黎の長い黒髪が乱れている。

　何を考えているのだろう、と凜久は思った。

　自分が名付けてやった少年の行く末を案じているのか、水晶ヶ池にまだいるはずだという仲間の天龍のことだろうか。

　それとも、アチラ側の遠い故郷のことを懐かしんでいるのかもしれない。

　琉黎に弟がいると、さっき初めて知った。ということは、アチラ側には彼の家族がいるということなのだろうか。

　故郷へ帰りたいと願っているのか、それとも家族に会いたいと思っているのか――。

　琉黎の胸の裡が何も分からないもどかしさに、なぜだかうなじの辺りがチリチリして胸が重く塞がる。皓々と明るいリビングから、凜久はひとりテラスに立ち続ける琉黎の背中を、黙ってじっと見つめていた。


　蘇芳を見送った後、妙にざわつき、もやもやする気持ちを持てあまし、凜久は時間をかけゆっくりと入浴した。

　湯上がりに冷たい水が飲みたくてキッチンへ行こうとすると、リビングの窓が開け放されたままになっていた。

蘇芳が水晶ヶ池へと旅立っていった、テラスへ通じる大きな窓である。

レースのカーテンが、夜風を孕んで翻っている。

てっきり、最後までリビングに残っていた瑠多が閉め忘れたのだと思ったが、すぐに違うと気づいた。夜風は吹き込んでくるのに、外の喧噪が何も聞こえない。

ということは、瑠多は結界を張って、敢えて窓を開けたままにしたということだ。

おそらくは、蘇芳のために――。

もしも、水晶ヶ池で消青という天龍に会えなくて、蘇芳がここへ舞い戻った時に、戸惑うことなくすぐ部屋へ入れるようにとの気遣いに違いなかった。

だから多分、瑠多の張った結界は、瑠多が許可したものしか通れないようになっている。同じく異界に属するもの同士、瑠多も蘇芳のことが心配なのだろう。

「僕だけ違うんだ……」

凛久だって、蘇芳のことが気にかからないわけではない。でも、琉黎や瑠多が、蘇芳に対して抱いた気持ちと、自分が感じた気持ちは微妙に違っているのではないかと思う。

どこがどうと、言葉にして明快に説明することはできないけれど、薄皮一枚隔てたような違和感とでも言えばいいのだろうか。

瑠多とは、子供の頃からずっと一緒に暮らしてきて、なんの隔たりもないと思っていた。

でも、なんだか急に、自分は瑠多とは異質なのだと再認識させられたような気もする。

多分それは、琉黎を知った影響だった。琉黎が現れてから、少しずつ軋み出していた何かが、今夜、蘇芳という存在に刺激されて表層へ浮き上がってきたのだ。

長湯で火照(ほて)った頬を、夜風がなぶり冷ましていく。

蘇芳はどの辺りまで行っただろう、と凜久は思った。

無事に水晶ヶ池に辿り着き、涓青という天龍に会えればいいけれど——。

涓青に会えたら、蘇芳は水晶ヶ池の扉を通ってアチラ側へ棲み換えていくのだろうか。

「……ひと月……」と凜久は、思い出したように呟いた。

ひと月経って霊力が充分に回復したら、ここを出ていくと琉黎は約束した。

それは、琉黎自身もアチラ側へ帰るということなのだろうか。

ドキリとして、凜久は唇をふるわせた。

「……琉黎がいなくなる」

自分はまだ、五百年前に琉黎と何があったのか、何も思い出せていないのに——。

もしかしたら、思い出せないままで終わってしまうのかもしれない。

いいのか、それで——。

今生ですれ違ってしまったら、次はいつ巡り逢えるか分からない。また、五百年先になるのか、それとも千年先か。もしかしたら、今生での出逢いが最後のチャンスという可能性だってあるかもしれない。

それなのに、何も思い出せないままでいいのか——。
胸の裡に湧き上がってきたのは、自分でも意外なほど切迫感を孕んだ自問自答だった。
答えを出せないまま、凜久が自室へ戻ってくると、琉黎がすでにベッドに寝そべってい
た。琉黎には納戸にしていた部屋を片づけて、専用のベッドも入れたのだが、今のところ、
その部屋を使う気はないらしい。
狭苦しい凜久のシングルベッドで、凜久の書棚から抜き出した本を暇潰しに読んでいる。
いつの間にか、すっかり馴染んだバスローブ姿がやけに色っぽくて、目のやり場に困っ
てしまう。同時に、我が物顔で凜久のベッドを占領している琉黎の様子が、いつもと少し
も変わらないことに、なんだかひどくホッとしていた。
そして、そんなふうに感じる自分がおかしくて、凜久はついクスリと笑った。
「何がおかしい」
「別に……」
すぐにも抱き寄せようと伸ばしてきた手をするりとかわし、凜久は机の上のノートパソ
コンを立ち上げようとした。
「まだ何かやることがあるのか」
「河村社長に、報告メールを送っておこうと思って」
オアズケを食らった犬のように低く唸り、琉黎は眉間(みけん)にしわを寄せている。

「すぐにすむよ」

ついい、そんなふうに宥めてしまう。迎合する気はないはずなのに、いつの間にか自分は琉黎を受け入れてしまったのだろうか。

少なくとも、嫌悪感は感じてないな――。

冷静に自己分析していた凜久を、ベッドから立ってきた琉黎が背後から抱き竦めた。

「どうせ明日、会社で会うのであろう。報告はその時で充分だ」

後ろから覆い被さった琉黎の手が、勝手にパジャマのボタンを外し始めている。

「それにあの男は、メールなんかで教えても信じないだろう。あの男の我欲は尋常ではない。あれは、あの男が背負った業に違いない」

「前世からの業が、断ち切れていないってこと?」

「おそらく、そうだろう」

「僕は……?」

「えっ?」

胸元を悪戯しようとしていた琉黎の手が、不意に止まった。

「僕は、どんな業を背負って生まれてきたんだろう」

「何も……、思い出せないのか……。まだ……」

凜久が黙ってうなずくと、琉黎は「そうか」とだけ素っ気なく言った。

　琉黎はいつもそうだった。

　時折、ふと思い出したように何も思い出せないのかと訊くことはあっても、凛久を責めたり詰ったりするような言葉は一度も発したことがない。

　思い出せなくてもいいと考えているのではないことくらい、凛久にも分かる。

　それでも、琉黎は内心あるはずの焦慮や葛藤を、凛久には決して見せようとしない。

「前に、ひと月経ったらここから出ていくって言ったよね」

「約束だからな」

「……でも……」

　でもなんだと言おうとしたのか、自分でもよく分からなくなってしまって、凛久は口ごもり唇を噛みしめた。

　そんな凛久に、琉黎は優しくきれいに微笑んだ。

「わたしの封印が解けたのは、時が満ちたからにほかならない。それでも、姫がわたしのことを何一つ思い出せないというのであれば、それこそ前世から定められた宿命というものだろう」

「いいの？　琉黎はそれでいいの？」

「よくはない」

　きっぱりと言い切られた言葉に、なぜかとてもホッとしていた。

でも——。

「よくはないし、諦めてもいない。時が満ちて、宿命の理が働いている以上、必ず望みは叶うと信じている」

「宿命の理……」

呟いた凜久に、琉黎が重々しくうなずく。

「さあ、無駄話はこれでおしまいだ。ぐずぐずしていると、夜が明けてしまう」

言うが早いか、琉黎は凜久を横抱きに抱き上げた。

「わっ……、ちょっ……」

そっと壊れものを扱うようにベッドへ下ろされ、手際よくパジャマを剝ぎ取られる。

あっという間に凜久を一糸まとわぬ姿にすると、琉黎はバスローブを脱ぎ捨て、即座に覆い被さってきた。

琉黎の体温は、いつでも凜久より少しだけ低い。

抱き合っていると、そのひんやりとすべらかな琉黎の肌が、凜久の昂ぶりに呼応するように潤っていくのが分かる。

この頃、それがとても心地よく感じられるようになった。

馴れ……、だろうか——。

濃厚なキスに息が上がり、脳裏を掠めた疑問は意味をなす前に霧散していく。

琉黎の少しだけ冷たい指先が、呼吸を求め鼻で呻いた凛久の身体をまさぐっていた。

胸から脇腹へ滑らされた手が腰に回り、思いがけないほどの力でグッと引き寄せられる。

そうすると、すでに半勃ち状態の凛久が、琉黎の下腹部にダイレクトにぶつかってしまう。最初は、これがとても恥ずかしかった。

でも、それにもいつの間にか、馴らされてしまった。琉黎の引き締まった腹筋で潤み始めた先端を擦られる快感に、凛久の全身で歓喜の火花が散っている。

「……っ、あっ……あぁっ……」

一度声が洩れてしまうと、もう歯止めが利かなくなってしまう。

背筋を反らし、喉元を無防備に晒したまま、凛久は伏せた睫毛をふるわせ喘いだ。

滴るほどに凛久が熱く実ったのを確認すると、琉黎は身体をずらし口に含んだ。

厚みのある舌がねっとりと絡みつき、唇でしごくように強く吸われる。

「あっ、あっ、だ…め……、そん……やっ、んんっ……もっ……」

右に左に頭を打ち振り、凛久は意味不明なことを口走った。

自分の下半身から、卑猥に濡れた音が響いてくる。恥ずかしくてたまらないのに、全身がガクガクふるえるほど気持ちがいい。

凛久の先端をたっぷり濡らすと、琉黎がほんの少しだけ頭を上げた。その動作の意味するところを察し、凛久は思わず息を吸い込み身を固くする。

「――――っ、ひっ……ぃっ……」

濡れた蜜口から、琉黎の舌がまるでストローのように入り込んでくる。

初めての時こそ強烈な違和感に悲鳴をあげ、必死に抵抗したが、何度も繰り返されるうちに身体が覚えてしまったのか、今では滑らかと言ってもいいほどするすると中を通り抜けていくのが分かる。

それどころか、琉黎の舌が奥深く入り込むほどに、腰から下がどろどろに溶けていくような凄まじい快感に包まれるようになっていた。

大きく開かされた内股が、痙攣（けいれん）するように小刻みにふるえ、爪先（つまさき）が反り返る。

「あっ、あぁーーっ、ひっ……ふぅっ……」

嬌声（きょうせい）が喉奥からほとばしるように溢れ、頭の中までグツグツと煮えたぎる。

「だ、ダメっ……も、だめっ……。あぁーーっ、いっ、いいっ……」

自分でも、もう何を言いたいのか分かっていない。ダメと言っておきながら、実はもっと強く吸ってほしいのか。それとも、もういきそうだから、本当にやめてほしいのか――。

多分、両方なんだな、と、ぼんやり霞（かす）んだ頭の隅でちらりと思う。

琉黎の髪を両手でかき回しながら、凜久は蜜口から続く隘路（あいろ）を奥の奥まで舐められるという、通常ではあり得ない快感に弓なりに反り返って身悶（みもだ）えた。

「ひっ……、あーーっ……」

ひときわ甲高い喚くような嬌声とともに、凜久は凝縮した精を琉黎の口中へ放った。深く胸を喘がせ、ほぼ放心状態に陥っている凜久のまだ痺れている腰を抱え直すと、琉黎は再びの高見へと凜久を追い上げにかかる。

一晩で最低でも三度、多い時は文字通り数え切れないほど、凜久は琉黎にいかされる。途中で意識が飛んでしまって、気がついたら朝になっているということが、もう何度繰り返されてきたことか。

でも今夜は、二度目の精を放った凜久を抱きしめたまま、琉黎は動こうとしなくなった。

「どうかしたの？」

そろりと訊いた凜久に、琉黎は薄く笑って首を振った。

「別にどうもしない」

「そう？　なら、いいけど……」

「なんだ。足りないのか？」

揶揄するような意地の悪い笑みを浮かべ、琉黎が囁いた。

「そ、そんなことっ……。足りないのは、そっちだろっ。……い、いつもは、三度はするのに……」

「なんだ、やっぱり足りないのか。それならそうと、言えばいいのに」

真っ赤になってキッと睨んだ凜久の目許に、宥めるように唇が押しつけられた。

同時に、琉黎の手が凜久の中心へと伸ばされた。

火照った肌に、そのひんやりとした感触が気持ちいい。掌で包むように握り込まれ、凜久は思わず目を伏せ息を詰めた。

凜久の浮き上がった鎖骨を甘く噛んでから、琉黎が身体をずらそうとする。

「……ねえ……」

思わず呼び止めてしまってから、続く言葉を口にできず凜久は唇を噛んだ。

「どうした？」

あやすように優しく、琉黎が訊いてくれる。

「琉黎はいいの？」

「何が……？」

「……だって……。その……、僕をいかせるだけで……琉黎は……」

羞恥を堪えやっとそこまで言うと、後は覚悟を決め半ば投げ出すように言葉を継いだ。

「ほんとは、最後までしたいのを、我慢してるんじゃないの？」

一瞬、虚を突かれたように目を見開いてから、琉黎はこれまでに見た中で一番優しく、そしてきれいに微笑んだ。

長い指で、凜久の乱れた前髪を丁寧にかき上げ、恭しく額に唇を押しつける。

「わたしは姫の助けを得て、霊力の補充をしている。放ってしまったら、逆効果だろう」

ようとした。

琉黎が凜久を抱いているのは、霊力の補充をするためであって、セックスをしているわけではないと、ちゃんと分かっていたはずなのに――。

「あ……」

身の置きどころもないほどの恥ずかしさが一気に込み上げて、凜久は琉黎から顔を背け

「ありがとう」

真っ赤に染まった凜久の耳元で、琉黎が低く囁いた。

「姫の気持ちは、とても嬉しい。本当はわたしだって、姫と一つに溶け合いたいと思う」

「だったら、どうして……」

「想いは通じ合ってこそ。一つになるのは、それからだ」

つまり、凜久がすべてを思い出してからでなければ、最後までいくことはできないと言っているのだ。

「……思い出せなかったら？　思い出せないまま、ひと月経ってしまったら……？　僕が思い出せるまで、琉黎はここにいるの？」

ゆっくりと琉黎は首を振った。

「約束は約束だ」

「どうして？　瑠多も僕も、ひと月で出ていけなんて、一度も言ったことないよ？」

「分かっている」と、琉黎は宥めるように答えた。

「もし、ひと月経っても状況が変わらないとしたら、それは姫のせいではなく、わたしが背負った罪のせいだ」

「……琉黎の罪……？」

「天界は四方に分かたれ、それぞれ蒼龍、紅龍、白龍、玄龍の四界龍王によって守護されている。古来、人間界で龍神と呼び習わされている彼ら四界龍王を、我ら天龍の一族が統べてきた。今、一族を率いているのは、我が父霆穹皇。わたしは皇太子として、父の後（のち）に連なる責任と義務を負って生を受けた」

静かに語り出した琉黎の話を聞き洩らすまいと、凜久はじっと聞き入った。

「だが、五百年前、わたしは葦耶姫と出逢い、命を失ってもかまわないと思うほどの恋に捕らわれてしまった。皇太子としての責任も義務も、何もかも捨て去り、ただ姫とだけ生きたいと願ってしまった」

「まさか、それが罪だって言うの？　それは、葦耶姫が人間だったから？」

「そうだ」

驚きに目を見開いた凜久に、琉黎は寂しげに、でもきっぱりと答えた。

「……そんな。恋をして愛し合ったことが罪だなんて、そんなのひどいじゃないか」

「古より、異界に棲む者同士が想い合うことは、天地の理を乱す元として戒められてきた。

まして、天龍の皇子として生まれたわたしには、天界の平安を保ち、あまたの精霊を護り導くという重い使命を負っていた。万が一、災厄が生じた際は、精霊たちの楯となり命を賭して闘わなければならない。だからこそ、わたしは精霊たちに皇子として敬われ、大切にもされてきたのだ。だがわたしは恋に目が眩み、己の責務を放棄しようとした。もちろん、わたしは姫と想い合ったことを、ただの一度も後悔したことはない。だが、罪は罪だ。それは、たった五百年の封印で贖いきれるものではなかったのかもしれない」

琉黎はそれほどまでに、葦耶姫を深く愛していたのだ。そして、五百年経った今も、少しも変わらず愛し続けている。

なんだか、胸の奥深くを、トンと小突かれたような気分だった。

それなのに、葦耶姫の生まれ変わりであるはずの凜久は、琉黎と恋に墜ちたことすら覚えていない——。

「ごめん……」

「何を謝る。姫には、なんの落ち度もない」

凜久はそっと首を振った。

「そういえば、涓青って琉黎のなんなの？」

気分を変えたくて、強いて明るい口調で凜久が訊くと、琉黎の口角が懐かしげに緩んだ。

「涓青は、わたしの守り役だ。頑固で口やかましくて、子供の頃から叱られてばかりいた。

ずじまいだった」

結局、最後までわたしは迷惑のかけ通しで、ついに涓青が望むような自慢の皇子にはなれ
「涓青も、琉黎と葦耶姫のことには、反対だったんだ」

「わたしは涓青に、姫との婚姻を許してもらえるよう、父に取りなしてほしいと、何度も頼んだ。天龍と違い、人間の寿命は短い。それを思えば、姫と添い遂げるためには一刻の猶予もないと、わたしは焦っていた。だが涓青は、頑として聞き入れてくれなかった。ただ、わたしの廃嫡と封印が決まった時、守り役が皇子の側を離れるわけにはいかないと言って、わたしとともにコチラ側へ移り棲み水晶ヶ池の産土神となった」

「それじゃ、龍ヶ守神社に祀られていた龍神というのは……」

「涓青のことだ。あれほど心を尽くして護ろうとした土地の人々に忘れ去られ、涓青は年々力を失っていった。わたしは、何度もアチラへ戻るよう説得したが、涓青はそれでは守り役の務めが果たせなくなると言って聞き入れなかった……」

無念を噛みしめるように、琉黎は自責の念の滲む口調で言った。

琉黎が封印されると決まった時、葦耶姫はどうしていたのだろう。

喉元まで出かかった疑問を、凜久はすんでのところで呑み込んだ。

それは、凜久自身が思い出さなければならないことだった。

「僕が葦耶姫だった時のことを全部思い出したら、琉黎はずっとここにいる?」

思わず訊いてしまってから、これでは琉黎にどこへも行かないでくれと言ったも同然だと思って、凜久は恥ずかしくなった。

「姫が望んでくれるなら」

紫を帯びた紺色の双眸が、和らいだ光を湛え凜久を映していた。

「琉黎がここにいる間に、僕はちゃんと思い出せるのかな」

「案ずるな。時はまだある」

揺るぎのない琉黎の言葉は、不思議なほどの安心感を凜久に与えた。

琉黎の胸に抱き込まれたまま、凜久は目を閉じて静かにうなずいていた。


昼間はきれいな青空が広がる気持ちのいい晴天だったのに、夕方になるにつれて雲が厚くなり、風も出てきたようだった。

天気予報では雨は降らないと言っていたはずだが、今にも降り出しそうな気配である。

「今日はもう、早じまいにしよう……」

客が帰ったあと、ＣＬＯＳＥＤの札を出してドアに鍵をかけると、凜久はショーケースの上のトレーに出した懐中時計を片づけようとした。

陶製の文字盤に華やかな金彩で星座が描かれた小ぶりの懐中時計は、長い年月を経ているにもかかわらず今も休まず時を刻み続けている。

蓋の裏側に彫り込まれたイニシャルを、凜久はじっと見つめた。

この時計を愛用した人物は、誰と愛し合い、どんな人生を歩んだのだろう。

「どうした、ぼんやりして……」

振り向くと、いつの間に下りてきたのか瑠多が立っていた。

「別に……」

照れたように首を振って、凜久は黙って懐中時計をショーケースの中へ戻した。

「琉黎は？」

「文を書きたいと言うから、また硯箱を貸してやった」

「手紙？　誰に出すの？」

「さあな。ただ、ポストに投函すれば届くような、普通の手紙ではなさそうだった」

「ふうん……」

「琉黎と何かあったのか」

「そうじゃない」と首を振ってから、凜久はちらりと横目で瑠多を窺った。

言うべきか否か、俯きがちに逡巡して唇を噛む。

「なんだ、言いたいことがあるなら、言ってみろ」

「……五百年前、僕たちに何があったのか、まだ何も思い出せないんだ」

「思い出せないのが、普通なんじゃないのか？」

渋る口を開いた凜久に、瑠多はあっさりと答えた。

「そうだけど……」

このまま思い出せなかったら、琉黎がいなくなってしまう……、とは、恥ずかしくて口に出せない。それに、自分は琉黎にこのまま留まってほしいと、本当に願っているのか、自分でもまだ判然としないというのが本音なのである。

水晶ヶ池の旅館へ乱入してきた時や、ここへ来た最初の夜の琉黎はひどく強引だった。でも、凜久に葦耶姫の記憶が一切残っていないと分かってからは、琉黎は一転して完全に待ちの態勢になっていた。

どうして思い出せないのかと責めようともせず、早く思い出せと急かされることもなかった。必ずその時は来ると、泰然として構えているふうに見える。

正直なところ、それは凜久にとって意外なことだった。

まだかまだかとせっつかれても困るが、あまりに鷹揚に構えられても逆にプレッシャーを感じてしまう。

自分は、本当に思い出すことができるのだろうか。もしかしたら、このまま何も思い出せず、琉黎がここを立ち去る日が来てしまうのではないか――。

そうなった時、自分は琉黎に対して何を思うのだろう。

出かかったため息を呑み込んで、凜久は瑠多を見た。

「なんだ？」

「瑠多は、爾示と出逢った時、爾示に許嫁がいたから、身を引いたんだよね。許嫁から、奪い取ろうとは思わなかったの？」

「どうした、急に……」

瑠多は一瞬、照れたような笑みを浮かべたが、凜久が真剣な表情で答えを待っているのを見て、言葉を探すように小さく咳払いをした。

「今とは、時代も違ったしな。本音を言えば、できることなら奪い取りたかったし、無理を通せば通っただろうとも思う。でもそれでは、爾示に業を背負わせてしまうことになる。そうなれば、俺と爾示の先々の縁も断たれてしまう。今生で想いを遂げることを諦めても、縁さえ繋がっていれば、いずれ必ず時が満ち、晴れて結ばれる日が来る。そう考えただけだ」

「瑠多は、爾示がどんなふうに生まれ変わってきても、見つけ出せる自信がある？」

「もちろん」と、瑠多は即答した。

「百十年前、俺と爾示の想いが成就しなかったのは、出逢いが早すぎて、時がまだ満ちていなかったからだ。いずれその時が来れば、爾示は必ず俺のところへ戻ってくる。俺はそれをただ待っているだけだ」

「生まれ変わった爾示が、瑠多のことを覚えてなかったら、どうする？」

「別にどうもしない。もう一度、俺と恋に墜ちるに決まってるからな」

「男でも女でも、かまわない？」

ためらうことなくうなずいた瑠多を、凜久は眩しいような思いで見つめた。

「琉黎はどう思ってるんだろう」

「何が？」

「琉黎は、僕のことを姫って呼ぶ。多分、五百年前、琉黎は葦耶姫のことをそう呼んでたんだと思う。でも、僕は葦耶姫じゃない。凜久だ」

「だったら、ヤツにそう言えばいいだろう」

「何度も言ったよ。僕は男だ、姫じゃないって」

凜久は胸の裡に広がりかけた諦めを、ため息にして吐き出した。

「でも、何度言っても、琉黎は僕のことを姫って呼ぶ。琉黎が好きなのは五百年前に生きていた葦耶姫で、今ここにいる僕じゃないんだと思う」

初めてそう口に出して言うと、哀しいよりも口惜しい気持ちの方が勝っている気がして、凜久は自分でも少し驚いた。

霊力の補充と称して、毎晩、凜久と肌を合わせておきながら、その実、五百年も前の人である葦耶姫のことを想い続けているなんて――。

もしかしたら、自分は琉黎に利用されているだけなのではないか。

湧き上がった疑念に、凜久は唇を噛みしめた。

「琉黎を、好きになったのか？」

「分からない」と、凜久は力なく首を振った。

琉黎に対して嫌悪感はない。でも、惹かれているのかと訊かれると、自信がない。

「ちょっと待ってろ」

そう言うと、瑠多は店の奥へ引き返していった。

どうしたのかと見ていると、すぐにステッキを何本か持って戻ってきた。

一昨日、瑠多と一緒に出かけた競り市で、まとめて仕入れてきた物である。

どれも二十世紀初頭にイギリスで作られたステッキで、マホガニーやローズウッドなどのシャフトに、銀製のハンドルが取りつけられている。

イギリス製のアンティークステッキは、動物の頭をデザインした物が多い。

狩りで馴染みがあるせいか、犬や兎、狐などが多いのだが、今回は珍しく猫をモチーフにした物がまとまって出てきた。

だが生憎、当日の競りに集まった同業者たちは、ステッキには興味がなかったらしく、競りは低調で盛り上がらなかった。

凜久もあまり食指が動かず、瑠多とともに成り行きをただ見守っていた。

すると、猫関係なら『マルジャーリ』さんだ、と競りの会主が助けてくれと言わんばかりの視線を向けてきた。

それで仕方なく、これもつきあいだとまとめて引き取ってきた物である。

持ってきたステッキの一本を、瑠多は凜久に差し出した。

紫檀のシャフトに取りつけられた銀製のハンドルは、猫ではなく龍の頭だった。

しかも、角こそ生えていないが、琉黎が変化した時の姿にそっくりである。

「これって……。えっ、でも、あの時、こんなのあったっけ……」

「さっき荷を開けてみたら、一本だけそれが混じってたんだ。問い合わせてみたが、ウチが仕入れた物で間違いないそうだ」

瑠多は肩を竦めた。

「目を見てみろよ。ラピスラズリだ」

「えっ？」

「知らないのか。琉黎の『琉』は、七宝の一つ、ラピスラズリのことだ」

息を呑み、凜久は銀の龍に塡め込まれた紫を帯びた紺色の宝石を見つめた。

確かに、琉黎の眸の色だ、と思う。

「頭の後ろに、小さな突起があるだろ」

凜久が突起を押すと、龍の口が開いた。

「夜会の礼装には欠かせない、白手袋を挟んでおけるようになってる」

「これは見事な細工だね。どこも壊れてないし、状態もすごくいい」

「他のも比較的良品だったが、それは別格だ。多分、相当な金持ちが、名のある細工師に特注で作らせた物だろう。決して、一山いくらで競りにかけられるような品物じゃない」

　ステッキは適度な重さがあり、ステッキなど使ったことのない凜久の手にも、まるで誂えたかのようにしっくりと馴染んだ。

　鈍く光る銀の龍を、凜久はしみじみと見つめた。

　この店で、猫以外のものを意匠にした品物を見るのは、多分、初めてだと思う。

「前世で愛し合った恋人同士が、生まれ変わって再会すれば、想いは必ず成就するものなのかな」

「残念ながら、そうとは限らない。成就するという、宿命の理が働いているのかどうかが問題だ。時が満ちて再会した時が、すなわち終わりを告げる時だという可能性もある」

「再会した時が、終わりを告げる時……」

「時々いるだろ。晴れて結婚した途端に、なぜか急に冷めてしまうとか……。あんな感じだな」

　龍のステッキを握った凜久の手に、思わず力がこもっていた。

　自分たちはどうなのだろう。

五百年前の恋を成就させるために再会したのか。それとも、きっぱりとケジメをつけ終わらせるために、五百年ぶりに巡り逢ったのか――。

「そいつがウチに紛れ込んできたってことは、お前たちの時は、確かに満ちているってことなんだと思う。なら、ジタバタせずに流れに身を任せてみたらどうだ。そうすれば、結論は自ずと出るんじゃないのか」

俯きがちに凜久が小さくうなずいた時、不意に鍵をかけたはずの店のドアが、風に煽られたようにバタンと大きな音を立てた。

驚いて振り向いた瞬間、凜久は目眩がしそうになってよろめいた。

どうやって入ってきたのか、ドアを背にして狩衣姿の水際立った美青年がひとり立っていたからである。見た感じ、年齢は二十二、三歳といったところだろうか。

一目で、人ではないと分かった。

生きた日本人形かと思うほど、完璧に整った顔立ちをした凜々しい青年は、なぜか射干玉の双眸で凜久を睨みつけていた。

そのきつい視線に、覚えがある気がした。この青年には、どこかで会ったことがある。

強烈な既視感に困惑する凜久の方へと、青年が挑むように一歩踏み出した。

たじろぎ、思わず後退った凜久を背中に庇い、瑠多がすっと前へ出てくれた。

「なんの用だ」

「琉黎殿下はどちらに」

有無を言わせぬ口調で、青年が問うた。

「殿下が、こちらに御座すことは分かっている」

「君の名前は？」

「透輝。涓青様の使者として、透輝が参上したと申し上げれば分かる」

つんと顎を反らし、権高に言い放った透輝の声や口調にも確かに聞き覚えがあった。

それなのに、いつどこで、この青年と会ったのか分からない。

何一つ思い出せないもどかしさに、苛立ちが込み上げてくる。

ぼんやり霞むばかりで判然としない遠い記憶に歯痒さを覚えながら、凜久は青年のきつい眼差しを浴びていた。


「透輝！　透輝ではないか」

凜久とともにリビングへ入ってきた透輝を見た瞬間、琉黎の表情が優しく笑み崩れた。

その愛しげに慈しむような眼差しに、凜久は心密かに眉をひそめた。

琉黎のあんな表情は初めて見た。琉黎は、あんなふうにも笑えるのだ、と思ってしまう。

「よく来たな。変わりはなかったか？　こちらへ来て座れ」

ラタンのソファから親しげに手招きする琉黎を見た途端、透輝は露骨に顔をしかめた。

「琉黎殿下……。そのような下賤の者と同じ物をお召しになられるとは……。涓青様がご覧になれば、さぞお嘆きでございましょう」

琉黎はコットンシャツに、サンドベージュのスラックスを合わせていた。琉黎の眸によく似た藍色の糸がボタンホールに使われたシャツやスラックスは、一緒に買い物に行った凜久が選んだ物だったから、聞いていて凜久はムッとしてしまった。

下賤とはなんだ、下賤とは——。

でも、琉黎が取り合わず聞き流しているので、凜久も仕方なく喉元まで出かかった抗議の言葉を辛うじて呑み込んだ。

「わたしがここに居ると、よく分かったな」

「殿下が足跡を消してしまわれたので、お捜しするのに苦労いたしました。どうしたものかと困っておりましたら、蘇芳と申す者が殿下の文を持って訪ねて参りましたので」

ソファには座ろうとせず、少し離れたところに立ったまま透輝が言った。

「そうか」と、琉黎は鷹揚にうなずいている。

なんだか透輝に対する琉黎の態度には、これまでで一番威厳があるように見える、と思う。それでいて、ふたりの間には、馴れ親しんだ者特有の親密さも感じる。

この透輝という青年は、琉黎のなんなのだろう、と凜久は思った。

何より、どうして琉黎は、凜久に青年を紹介してくれないのだろう。まるで、凜久のことなど無視するように、ふたりで話し込んでいるのも気に入らない。

「それでは、蘇芳は無事に水晶ヶ池へ辿(たど)り着いたのだな。涓青には会えたのか？」

「はい。今は、涓青様の身の回りのお世話をしています。水晶ヶ池の扉は閉鎖と決しました故、その折はともにアチラへ移り棲(す)むこととなりました」

安堵(あんど)したように、琉黎は笑みを浮かべた。

「涓青に任せておけば間違いはない。あれはいずれ、立派な蛟龍(こうりゅう)となろう。これからは、透輝も目をかけてやってくれ」

「畏(かしこ)まりました」

「あの……」

話が一段落した頃合いを見計らい、凜久はそっと透輝に声をかけた。

「どうぞ、座ってください。今、お茶でも淹(い)れてきますから。琉黎は……」

凜久の言葉を遮って、透輝の叱責(しっせき)する声が鋭く響いた。

「無礼者！」

「えっ？」

「下賤の身で、殿下を呼び捨てにするとは何事だ！」

何を言われているのか分からず、凜久は一瞬きょとんとしてしまった。

それから、じわじわと腹の底が熱くなってきた。

「失礼なのはそっちだろう。人の家にいきなり押しかけてきておいて、口を開けば、下賤、下賤って……。馬鹿にするのもいい加減にしろ」

「なんだと？」

ぎらり、と、透輝の射干玉の双眸が剣呑に光った。

気圧されてなるものかと、凜久も負けずに見つめ返す。

「透輝、そう尖るな」

おっとりと透輝を宥める琉黎にも、凜久は内心で腹を立てた。

どうして、凜久に対して失礼な態度を取るな、と、透輝を叱ってくれないのか——。

「……姫」

「姫じゃないっ！」

思わず怒鳴り返してしまった凜久を、今度は琉黎があっけにとられた顔で見つめている。

「僕は凜久だ。姫じゃないって、何度言ったら分かるんだよ！」

いきり立つ凜久の肩を、成り行きを見守っていたらしい瑠多が、宥めるように叩いた。

沸き立ってしまった気持ちを鎮めようと大きく息をついて、凜久はものも言わずにキッチンへ飛び込んだ。

ケトルを火にかけ、バタンバタンと手荒に戸棚を開け閉めしてカップの用意をする。

それなのに、自分が無意識に、このところ琉黎が特に気に入っている柑橘フレーバーの紅茶の缶を手に取っているのに気づいた途端、猛烈に腹が立っていた。

「ああ、もう！」

ドンと音を立てて紅茶の缶を置いたところへ、瑠多が入ってきた。

「何をそんなにカリカリしてるんだ。凜久らしくもない」

「だって……」と、凜久は口惜しさに唇を噛んだ。

「なんなんだよ、あいつ……。僕のこと、やたら睨みつけてくるし……」

「確かに……。あれは、そうとう凜久を意識してるな」

「意識ってなんだよ」

苦笑して、瑠多は紅茶の缶を手に取った。

「紅茶は俺が淹れて持っていこう」

「いいよ、僕がやる」

「でも、いいのか？　琉黎とあいつをふたりっきりにして……」

「何それ……。そんなこと、別に気にしてないよ」

膨れっ面で言い返した凜久の耳に、琉黎の穏やかな笑い声が響いてきた。

思わず、反射的に振り向いてしまってから、凜久は自分で自分に舌打ちした。これでは、琉黎と透輝が何を話しているのか、気になってならないと白状したも同然だった。

「いいから、向こうへ行ってろよ」

瑠多の顔を見ないまま、凜久は脇(わき)をすり抜けるようにしてリビングへ戻った。

リビングでは、いつの間にか透輝が琉黎の斜向(はすむ)かいに腰を下ろしていた。

座り馴れないせいなのか、どことなく居心地悪そうにもじもじしている透輝を、琉黎はおかしそうに見ている。それも、凜久の知らない琉黎の顔だった。

琉黎の側(そば)へ行くのをやめて、凜久はダイニングの椅子(いす)に座った。

「涓青の様子はどうだ」

途端に肩を窄(すぼ)め、透輝は辛(つら)そうに目を伏せている。

「社が壊されてしまってからは、特にお加減が優れず、床に伏せられていることが多くなりました」

「今はどこに住まいしているのだ」

「はい。山の頂に打ち棄(す)てられたお堂がありましたので、とりあえずそちらに……」

「そうか……」

痛ましげな息をつき、琉黎は嘆くように言った。

「涓青には、本当にすまないことをしたと思っている」

キッチンから、瑠多が紅茶を持って戻ってきた。

琉黎と透輝のふたりに香り高い紅茶を出すと、ダイニングの椅子に座っていた凜久の前にもカップを置いてくれた。

爽やかな柑橘の香気が、凛久のささくれだった気持ちを宥めてくれる。

「ありがとう」

恥じらったように笑った凛久に、瑠多も薄く微笑み返してくれた。

「本日は、殿下にぜひともお聞き届けいただきたいことがあり、罷り越しました」

居住まいを正した透輝の声に、凛久はハッと顔を向けた。

透輝は、琉黎に何を言いに来たのか――。

「申してみよ」

「ただちに、涓青様やわたくしとともに、陛下のもとへお戻りください」

ドクンと心臓が鳴って、凛久は目を見開いた。

「それはできぬ」と、琉黎が即座に答える声が聞こえ、ふうっと息をつく。

「何故でございます！　封印が解けた今こそ、霆穹皇陛下に急ぎお目通りを願い、お詫び申し上げるべきではありませんか？　さすれば陛下も……」

「父上は、二度とわたしをお赦しにはなるまい」

透輝の声を遮り、琉黎は諦念の滲む声で静かに言った。

「わたしもまた、この期に及んでお赦しいただこうとは思っておらぬ」

それまでとは一転した険しい目つきで透輝を正面から見据え、琉黎はぴしゃりと撥ねつけるように言い放った。

「でも、それでは……」

「いいのだ。これは、わたしが自分で決めたこと。このままコチラ側に居たいと、わたしが望んでいるのだ」

言葉を失った透輝の唇が小刻みにふるえ、白く細い喉がごくりと上下したのが、離れて座った凜久にも分かった。

透輝は何をそんなに動揺しているのだろう。

「何故でございます。何故、殿下はそれほどまでにコチラ側に執着されるのです。あの下賤の者のためなのですか？」

バッと振り向いた透輝に指さされ、凜久は反射的に腰を浮かした。

その腕を、傍らに座った瑠多がやんわり摑(つか)んで止めてくれる。

「霆穹皇陛下が定められた、殿下の沙漏(さろう)の……」

「やめよ！　透輝、言ってはならぬ。それを口にすること、わたしが許さぬ」

それは、透輝がびくりと飛び上がるほど厳しい声だった。

沙漏とは、確か砂時計のことである。いったい琉黎は、何をそんなに透輝に口止めすることがあるのだろうと、凜久は不思議に思った。

「殿下！」

半ば悲鳴に近い縋るような声で叫ぶなり、透輝はソファから滑り下り琉黎の足元に正座した。きちんと両手をつき、ラグに額をすりつけるようにして頭を下げる。

「どうか、どうかお願いでございます。涓青様やわたくしとともに、今すぐに陛下のもとへお戻りください」

泣かんばかりに懇願する透輝の声に、琉黎の沁み入るような深いため息が被さった。

恐る恐る顔を上げた透輝に、穏やかに透き通った笑みを浮かべ小さくうなずく。

「今さら、父上に申し開きすることもなければ、するつもりもない。だが、廃嫡されたとはいえ、皇子として不孝の謝罪はするべきであろう。いずれ、父上の御前に罷り出て、お詫び申し上げなければならぬとは思っている」

「……いずれとは、いつのことでございますか」

切迫感を孕んだ透輝の問いに、琉黎はそぐわないほどゆったりとした声で答えた。

「そうだな。近々、ゆくことになるやもしれぬ」

「では、殿下が陛下のもとへお発ちになるまで、これまで通りわたくしが身の回りのお世話をさせていただきます」

「それには及ばぬ」

「何故でございます」

「そなたはただちに水晶ヶ池へ立ち戻り、涓青に事の次第を申し述べよ。その上で、一日ならぬ。いいな」

も早く、涓青とともに父上のもとへ戻れ。この後は涓青を助け、二度とコチラ側へ来ては

「そんな……。何故でございます」

惘然と座り込み、透輝は今にも泣き出しそうな顔で何故と繰り返している。

「この五百年あまり、小姓として誠心誠意お仕え申し上げてきたつもりです。殿下は、わたくしでは不服だったと仰せなのですか」

「そんなことはない。透輝には、いつも心から感謝していた。透輝が居てくれたからこそ、長い封印生活にも耐えることができたのではないか」

「では、この後も、どうかわたくしを変わらずお側にお置きください」

哀願するように深々と頭を下げる透輝が、凜久は見ていて可哀想になってしまった。

その一方で、このまま透輝がここに居座ってしまうのは嫌だと思ってしまう。

だから、琉黎が「それはできない」と、きっぱり断ってくれた時は、自分でも驚くほどホッとしてしまっていた。

「殿下！」と、透輝はなおも諦めきれずに食い下がっている。

ついに、見開かれた透輝の目から、大粒の涙が溢れた。

「泣くな。透輝が悪いのではない。すべては、わたしの我が儘から出たことだ。お前はもう水晶ヶ池へ戻れ。涓青も心配しているだろう」

透輝の頰を濡らす涙を指先で優しく拭ってやると、琉黎は諭すように続けた。

「わたしはもう、お前や涓青とは棲む場所を違えてしまったのだ」

幼子をあやすように、啜り泣く透輝の頰にそっと手を当て別れを告げると、琉黎は静かに微笑み立ち上がった。

「お待ちください、殿下！」

そのままリビングを出ていこうとした琉黎に、透輝が慌てて取り縋った。

弾みで、狩衣の袖に弾かれたカップが、ラグの上に転がり落ちた。

オフホワイトのラグに、紅茶色の染みが広がっていく。

慌ててキッチンからタオルを取ってくると、凜久は透輝のところへ行った。

「大丈夫？　袖、汚れなかった？」

狩衣の袖に紅茶がかからなかったか確認しようとした凜久の手を、透輝がさも穢らわしげに振り払った。

射干玉の双眸に、憎しみの籠もったきつい光を浮かべ、睨めつけられる。

『お前さえ、お前さえいなければ……』

低い呪詛にも似た呟きが直接頭の中へ流れ込んできた次の瞬間、部屋の空気がぐにゃりと歪むのが分かった。

ゴオっと風が渦巻く音が響き、突如として吹き荒れた強風に凜久の身体が煽られる。

素早く身を翻した琉黎が、弾かれたように凜久に覆い被さり庇ってくれた。

ほぼ同時に灯(あか)りが消えて周囲は真っ暗になり、何かが割れる耳障りな音が響いた。

暗闇(くらやみ)の中、ガタガタと部屋全体が大きく揺れ、瑠多が「凜久っ！」と遠く呼ぶ声がした。

でも、凜久は琉黎に抱え込まれているおかげで、風も当たらずなんの被害もなかった。

ふっと、琉黎の気配が消えた。

闇の中へ放り出されたようで、心細さが一気に押し寄せてくる。

「琉黎？」

慌てて伸ばした手が、空(むな)しく空を彷徨(さまよ)う。上下左右、どちらへ手を伸ばしても何もなく、まるで闇の中に身体が浮かんでいるような心許(こころもと)なさを感じる。

「……何、これ……。結界……？」

不意に塗り込めたような闇の中に、パールホワイトの光の帯が煌(きら)めいた。

その時になって、凜久は初めて自分が球体の結界の中へ囲い込まれ、龍に変化した琉黎に球体ごと摑まれていることを知った。

凜久自身は透き通った珠の中に浮かんでいる状態のため、琉黎が身体の向きを変えても凜久の身体はジャイロのように平行を保ったままでいられた。

おそらく、マンションの部屋から違う時空へジャンプしてしまったのだろう。それが、透輝が出現させたものなのか、それとも琉黎が作り出したものなのかは分からない。

ただ、宇宙空間のような漆黒の闇の中を、真珠色に光る神々しい龍は凜久を封じ込めた透明な珠を片手に摑んだまま悠然と飛翔していた。

突然、闇を切り裂いて出現した光の刃が、凜久を封じた珠めがけて飛んできた。

珠の中の凜久に物音は何も届いてこなかったが、空を切る音が聞こえるような鋭さで、光の刃は何度も何度も襲ってきた。四方八方から現れては消える光の刃は、琉黎を狙っているのか、それとも凜久を的にしているのか――。

琉黎は降り注ぐ光の刃を見切るように巧みに避けつつ、決して反撃しようとはしなかった。ただ、凜久を封じた珠を大切に摑んだまま、長い身体をくねらせ飛び続けている。

『もうやめよ。このようなことをしても、わたしと姫の縁を断ち切ることはできぬ』

『なぜです！　何故、その者でなければならないのです』

琉黎と透輝の思念による会話が、凜久の頭の中にも響いてきた。

『姫は我が魂の半身。半身を失っては生きてゆけぬ。今生では添えぬ宿命であるなら、来世での再会を頼みとするだけだ』

真摯な琉黎の言葉は、凜久の胸も切なく締めつけた。

五百年も待ち焦がれてようやく巡り逢えたのに、凜久の気持ちが定まるまで、琉黎はこの先もただひたすらに待ち続けてくれるというのか――。

『……殿下……』と、透輝の力ない呟きが聞こえた。

同時に、周囲を覆い尽くしていた闇が、少しずつ薄れ始めたのが、凜久にも分かった。

『姫、目を閉じていろ』

頭の中に直接響いてきた琉黎の声に命じられるまま、凜久は目を瞑った。

途端、珠が大きく揺れ、それにつれて身体もぐるんと回転した。

「わっ……」

思わず叫んだ凜久は、気がつくとラグの上に尻もちをつくように座り込んでいた。

部屋の中は、惨憺たる有様だった。

まるで竜巻でも通り抜けたかのように、ソファもテーブルもひっくり返り、テラスへ通じる窓のガラスは粉々に割れてしまっている。

うんざりしながら周囲を見回すと、猫魈の姿に変化した瑠多がテラスにいた。

「瑠多！」

凜久が呼びかけると、瑠多はひと飛びでやってきた。

「無事か？」

人型に戻って訊いた瑠多にうなずく。

「うん。僕は大丈夫。……琉黎は？」

「一緒じゃなかったのか」

「そのはずなんだけど……」

改めて室内を見回した凜久は、ひっくり返ったラタンのソファの陰に、人型に戻った琉黎が倒れているのに気がついた。

「琉黎！」

駆け寄った凜久は、思わず悲鳴をあげた。

琉黎の背中には、鋭い刃で袈裟懸け（けさが）に切りつけられたような傷がぱっくりと口を開け、ドクドクと血が溢れ出ている。

凜久の脳裏に、龍体となった琉黎の身体を掠（かす）めては消えていった幾筋もの光の刃が浮かんだ。琉黎は、それらを巧みに避けているように見えたが、あのうちの何本かは琉黎の身体を切り裂いていたのだろうか。

「しっかりして……！」

慌てて抱き起こした凜久の腕の中で、琉黎は荒い息をつきながらも苦く笑った。

「五百年の封印で、思った以上に力を削（そ）がれてしまったらしい。透輝にまで、後れを取るとはな。……情けない」

琉黎の傷は胸や腕、太ももにもあって、ダラダラと血が流れ続けている。

リビングから走り出ていった瑠多が、手拭いと救急箱を持って戻ってきた。

「とにかく、血を止めなくちゃ……」

瑠多が持ってきてくれた手拭いを裂き、凜久は琉黎の腕と脚の傷を縛った。

「大事ない。これしきの傷、姫の力を借りればすぐに塞がる」

ぐったりと凜久にもたれかかっているのに、琉黎はそう強がると凜久の唇を啄んだ。

そこへ、髪を振り乱した透輝が戻ってきた。

傷つき倒れている琉黎を見てぎょっと色を失い、ひどくうろたえている。

「殿下。申しわけございません。我を忘れて、とんでもないことをしてしまいました。どうかお許しください」

「心配するな。たいした傷ではない。腕を上げたな、透輝。五百年、無為に過ごしていたわけではないようだ。だが、その力、使いどころを違えてはならぬぞ」

琉黎は相変わらず凜久に身体を預けたままだったが、威厳すら感じさせる落ち着いた声音で諭すように言った。

琉黎の傍らに膝をつき、透輝は萎れるようにうなだれている。

「……透輝、顔を上げろ」

恐る恐る顔を上げた透輝を、琉黎はしっかりした眼差しで真っ直ぐに見つめた。

「もう一度、涓青に会って直に詫びたいと思う故、繊月の夜には必ず戻ると言っていた、と涓青に伝えよ」

「でも、それでは……」

「ひと月経ったらそちらへ戻るって、琉黎は最初から言っていたよ」

凜久が取りなすように口を出した途端、透輝の眦（まなじり）が切れ上がった。

「何も知らぬくせに、余計な口を挟むな！　ひと月では手おく……」

「よせっ！」

透輝の怒声を、琉黎が厳しく窘（たしな）めた。

びくりと肩をふるわせ、透輝は泣き濡れた顔で縋るように琉黎を見ている。

「わたしが自分で決めたことだ。よいか、透輝。父上ではなく、わたしが決めたのだ」

透輝の目から涙がどっと溢れ、ほろほろと頬を伝わり落ちていく。

幼子をあやすように、琉黎は優しく微笑んだ。

「そんな顔をするな」

「でも……」

「今さら節を曲げて父上に取り縋ろうとは思わぬし、父上もまたそのようなことをお望みにはなるまい。わたしに天龍の皇子としての意地と誇りがあるように、父上には天龍の皇として他に示さねばならぬけじめと責任があるのだ」

嗚咽（おえつ）を呑み込むように、透輝は戦慄（わなな）く唇を噛みしめている。

「さあ、もう行け。そして、二度とここへ来てはならぬ。いいな」

床に手をつきうなだれたまま動こうとしない透輝に、琉黎は「行くんだ」と繰り返した。

「……はい」

ようやく絞り出すように答え顔を上げた透輝と、凜久は目が合ってしまった。

琉黎の身体を支えるように抱きかかえている凜久を、透輝は唇を引き結び、数瞬、憎々しげに睨めつけてきた。

何も言えず、凜久も黙って見つめ返す。

「それほどまでに、殿下はこの者がお好きなのですか……」

「言ったであろう。我らは、宿命の理で結ばれているのだ」

聞きたくないとでも言いたげに首を振り、透輝はしおしおと立ち上がった。

『お前さえいなければ……。お前が琉黎殿下を……！』

凜久の頭の中に直接響く、突き刺さるような憎悪の思念を残し、透輝はテラスに向かって駆け出した。そして、瞬時に真っ黒い龍の姿に変化し、飛び去っていった。

あれは――。あの姿は――!?

以前、祓（はら）いの帰りの山道で襲われた時の記憶が蘇（よみがえ）ってくる。

そんな、まさか――。

傷ついた琉黎を胸に抱えたまま、凜久は惘然として座り込んでいた。

寝室で琉黎とふたりだけになった凜久は、ぐったりとベッドに横たわった琉黎のシャツのボタンをすべて外した。それから、スラックスも下着ごとひと思いに脱がせてしまう。

リビングで瑠多が応急処置をしている間も、凜久がずっと抱きかかえていたのが効を奏したのか、幸いなことにかなりの深手であるにもかかわらず出血はすでに止まっていた。

それでも、使い果たしてしまった霊力を回復するまでには至っていないようで、琉黎は目を閉じたまま動こうとしない。

そんな琉黎に添い寝するように、凜久もまたパジャマの上着だけを羽織った格好でベッドへ入った。

傷に障らないよう気遣いながらも、背中からそっと抱きしめると、琉黎が細く長い息をついている。人ではないからか、琉黎の体温は凜久よりも少し低い。最初の頃、その冷たさに凜久はなかなか馴れなかった。

でも、毎晩、琉黎と肌を合わせているうちに、いつの間にか馴染んでしまった。

今では、そのひんやりした肌の感触が、凜久の肌を潤し、身体の内側までも溶かしてしまうまでになった。

やはり消耗が激しすぎたのか、今夜の琉黎は凜久が身を寄せても身じろぎしようともしない。でも、琉黎が眠っていないことは分かっていた。

「……ねえ」と、凜久は窺うように声をかけた。

「なんだ」

「五百年前のこと、少しでいいから話してくれない？」

「まだ、何も思い出していないのだろう」

「ごめん……」

「別に謝る必要はない。思い出せないのもまた、宿命の理のうちなのであろう」

静かな声には、微かな諦念が滲んでいるような気がした。

「でも、透輝を見た時、どこかで会ったことがあると思ったんだ。あのきつい声にも、聞き覚えがあるような気がする」

ふっと、琉黎が息だけで笑った。

「昔、透輝はわたしの使いで、何度も姫のもとを訪れている」

「やっぱり、気のせいじゃなかったんだ。水晶ヶ池へ行った時も、確かにここへ来たことがあるって思って不思議だったんだよね」

凜久の腕の中で、琉黎がわずかに身じろいだ。

「前世の記憶が、残っていると言うのか？」

「分からないけど、多分、そうなんじゃないかと思う。でも、琉黎が封印されてたみたいに、僕の記憶も心の一番奥に封じられてる気がする。……だから、僕にヒントをくれないかな」

「……ヒント？」

「そう、ヒント。記憶を探る手がかりが何かあったら、もつれた糸がほぐれる切っかけになって思い出せることもあるんじゃないかなって……」

「手がかりか……」

何か考え込むように呟いたきり、琉黎は答えなかった。眠ってしまったのかもしれないと凜久が思い始めた時、ためらいを振り切るように琉黎が口を開いた。

「五百年前、姫の運命を大きく変えてしまったことに、わたしは責任を感じている。やはり、どんなに恋い焦がれようとも、わたしから姫に積極的に拘わるべきではなかった」

「琉黎は、葦耶姫と想い合ったこと、後悔しているんだ」

「後悔などしていない」

「でも今、拘わるべきじゃなかったって言ったじゃないか」

「姫と想い合ったことを、悔いたことなどただの一度もない。だが、わたしと拘わったばかりに、姫の命はとても短いものになってしまった。それでなくとも、人の命は儚いというのに……。それについては、やはり申しわけないことをしてしまったと思う」

「人生の価値は長い短いじゃないよ。それに、きっと葦耶姫も悔いはなかったと思う」

「どうして、そんなことが分かるんだ。何か思い出したのか？」

「そうじゃないけど、そんな気がする」

身じろいだ琉黎のうなじに顔を伏せ、凜久は深く息を吸った。甘さの中に微かなスパイシーさを忍ばせた、今までに嗅いだことのない不思議な匂いが鼻腔を刺激する。

この匂いが好きだ、と凜久は不意に思った。思った途端、なぜか、涙が出そうになった。

「ねえ、ふたりはどんなふうに出逢ったの？」

「寺参りに来ていた姫が、供の者とはぐれ、ならず者に絡まれていた」

「それを助けてあげたんだ」

「葦耶姫とは、木花咲耶姫命の本名、葦津姫に因んだ名だ。その名の通り、光り輝くように美しく愛らしい姫だった」

過ぎ去った日を懐かしむような声だった。

「……ふうん」

胸の奥に爪を立てられたような捉え所のない気持ちを堪え、凜久は想像を巡らせた。

でも、自分が姫君の姿でいるところは、どうしても思い浮かべることができない。

「それじゃ、がっかりしたんじゃないの？　光り輝いてた姫が、男に生まれ変わっちゃってて」

つい拗ねたような口調で言ってしまってから、まるで自分で自分に焼き餅を焼いているみたいだ、と、なんだかひどく複雑な心境になった。

凜久の葛藤を察したように、琉黎が断固とした口調で言った。

「そんなことはない。わたしが強く惹かれたのは、決して姫の見目ではない。清しい魂の輝きだ」

琉黎が凜久を気遣って言ってくれたことは分かったし、嬉しくも思ったが、そんなふうに慰められたらかえって落ち込んでしまう。

琉黎が背中を向けてくれていてよかった、と凜久は思った。

「それに、生まれ変わった今も、ちゃんとあの頃の面影が残っている」

「えっ……。それは、僕が葦耶姫に似てるっていうこと？」

琉黎はゆっくりと身体の向きを変え、凜久を見た。

「その、潤みを帯びた凜々しい目。あの頃と寸分違わぬ、聡明な光を湛えた意思の強そうな目だ」

愛しげな笑みを浮かべ、琉黎は指先で凜久の前髪をそっとかき上げた。

「何百年経とうとも、この目の輝きを忘れるものか。龍ヶ岩の前に立った姫の姿を一目見た瞬間、鳥肌が立った。ついに待ち望んだ時が来たのだと思ったら、歓喜のあまり身の裡から溢れ出る叫びを止めることができなかった」

なるほど、それがあの時聞いた咆哮と、真っ暗な空に架かった虹だったのか——。

それにしても、手放しで褒めすぎではないか。そう思ったら、急に照れくさくなってしまって、凜久は視線をうろつかせた。

「姫は遠州の名のある豪族の娘だった」

「ああ。父の名は、篠尾景胤。都で開かれた千句連歌の会に招かれた父景胤とともに、初めて都へ上ってきたのだと言った」

「遠州……？」

篠尾景胤……、と口の中で繰り返し、凛久は葦耶姫の父の名前を胸に刻み込んだ。

「その日以来、わたしは姫が寺参りにくるたびに逢瀬を重ねた。姫も願掛けと称して、たびたび寺へ足を運ぶようになった。涓青には何度も叱られ、止められたが、恋に目が眩んだわたしは聞く耳を持たなかった。だが、だんだん辛くなった」

「どうして……？」

すっと凛久から視線を逸らし、琉黎はため息をついた。

「わたしが人の世の者ではないと、知られることを怖れたんだ。だから、近々国元へ戻ることになりそうだと姫に言われた時、寂しさに身を切られるようだったが、心のどこかに安堵する思いもあった。姫は国元へ戻り、やがてしかるべきところへ輿入れすることになるだろう。それでいいのだ、と、無理やり自分を納得させようとした」

「それじゃ、葦耶姫は琉黎のことを知らないままだったの？」

伏し目がちに、琉黎は首を振った。

「いつ、打ち明けたの？」

「打ち明けるつもりはなかった。だがある日、姫が言ったのだ。このところ、毎晩のように恐ろしい夢を見ると。魘(うな)されて目を覚ますと、寝屋の外で何やら不穏な気配を感じたりもすると……。わたしは気になって、夜になってから姫の住む館へ様子を見に行った」

「何かいた？」

「鬼がいた。雲を突くような双角の大鬼で、肌は全身燃えるように赤く、髪と目は金色(こんじき)に光っていた。寺で姫を見初めたのは、わたしだけではなかったのだ。鬼もまた姫に懸想して、我がものにする機会を窺っていたのだ。寺では、わたしが常にともにいたため、手出しができなかったのだろう。わたしが行った時、鬼は姫を抱えて逃げようとするところだった。わたしはすぐに追いかけて姫を取り戻した。鬼は憤怒(ふんぬ)の形相で襲いかかってきた」

凛久の脳裏に、透輝の襲撃から庇ってくれた時の琉黎の姿が浮かんでいた。

おそらく、葦耶姫を護って鬼と闘った時も、琉黎は龍体となっていたのだろう。

そしてそれを、葦耶姫は目の当たりにした——。

凛久の考えたことが分かったように、琉黎は静かにうなずいた。

「何もかも、すべて終わったと思った。だが、姫を鬼の魔手から救うことはできた。それで満足だと思った。でも……」

「琉黎が天龍だと知っても、葦耶姫の気持ちは変わらなかったんだね」

「思いがけないことだった。たとえわたしが鬼であったとしても、気持ちが変わることはないと姫は言ってくれた。信じられなかった」

　五百年前の歓喜を思い出したかのように、琉黎の声が微かにふるえた。そして、その昂ぶりを強いて抑えようとしてか、琉黎は深い息をつき淡々とした口調で話を続けた。

　それがかえって、その時の琉黎の喜びの大きさを表している、と凜久は思った。

「それから、わたしは大胆になった。毎晩のように姫のもとへ赴き、人知れず館から連れ出しては朝までともに過ごすようになった。涓青の諫言も叱責も、何一つ耳に入らなかった。そしてついに、わたしは姫を后にしたいと父に願い出た」

　昨日のことを話すように葦耶姫との馴れ初めを語る琉黎は、五百年間、ただ一途に葦耶姫を想い続けているのだ、と凜久は思った。

　葦耶姫の生まれ変わりだという凜久は、琉黎の存在すらきれいに忘れてしまっていたというのに――。

　改めて、琉黎と自分の間に横たわる隔たりの大きさを、目の前に突きつけられたような気がしていた。

　そして、葦耶姫から凜久に至るまでの空白。その隙間を、自分は本当に埋めることができるのだろうか。埋めたいと、本心から思っているのだろうか。

　自身の心の奥を覗き込むようにして考えたが、答えは見つからなかった。

　なぜ、見つからないのか――。

「そういえば、さっき透輝が、琉黎がひと月後に戻るんじゃ遅いみたいなことを言いかけてなかった？」

「そうだったかな」

「何をとぼけてるんだよ。琉黎、顔色を変えて、よせって怒ってたじゃない」

「……ああ」と、琉黎は苦笑いした。

「透輝は昔からせっかちなのだ。涓青も歳のせいか、年々、気が短くなる。何しろ、四千歳をとうに超えた年寄りだからな」

わざとらしいほど、のんびりした口調で言って、琉黎は小さく笑った。

「……四千歳を超えた？」

「ああ。透輝だって、ああ見えてそろそろ九百歳に届く頃だろう」

唖然として、凛久はまじまじと琉黎を見た。

「琉黎は、何歳なの？」

「わたしはまだ、たかだか千五、六百年ほどしか生きてはいない」

「……たかだか千五、六百年ね」

すっかり話が逸れてしまったことも忘れ、凛久は惘然と呟いた。

そんな凛久の唇を、琉黎が誘うように啄んだ。

「昔話をしているうちに、力も戻ってきた」

背中へ回された琉黎の少しだけ冷たい指が、凛久の背筋をすーっと撫で下ろしていく。

ひんやりしたその感触は、凜久の輪郭をなぞるように肩から脇腹へ滑り、するりと両脚の間へ割って入った。

「……ちょっ……、琉黎……」

我に返り、凜久は慌てて琉黎の手首を摑もうとした。

「なんだ嫌なのか？」

「そうじゃない…けど、まだ話の途中……」

「話はもう終わりだ。……ここも、嫌がっていないようだし……」

感度よく、素直に頭を擡げかけている凜久を、琉黎の手がやんわりと握り込んだ。

「ぁっ……」

下唇を噛み、反射的に腰を引こうとした凜久を、琉黎の腕が思いがけないほどの強さで引き寄せた。とても、ついさっきまで深手を負ってぐったりしていた怪我人とは思えない。

掌で双玉を揉まれると、凜久の全身にふるえが走った。

「んっ……あっ……、だめ……」

「わたしに姫の力を与えてくれ……」

すっと身体をずらした琉黎に根元まですっぽりと咥え込まれてしまうと、もう凜久に抗う術は残されていなかった。

身体の中心から、痺れるような快感が波紋のように全身に拡散していく。

厚みのある舌でねっとりと愛撫される快感に悶えながら、凜久は琉黎の髪をかき乱した。

「待って……、待ってよ……。ねえ……」

何か考えなくちゃいけないことが、まだあった気がするのに——。

もしかしたら、とても大事なことかもしれないのに——。

長い睫毛をふるわせた凜久の心の呟きを、琉黎によってもたらされる快感が手もなく蹴散らしていく。

「あっ、あぁっ、あーーーーっ」

唇でしごかれ強く吸われた瞬間、凜久は押し寄せた大波に攫われるように呆気なく自身を解放していた。

『一度でいい。別れの前に一度だけ、わたしのものになってくれるか？』

琉黎の切なげな思念が、ほんの一瞬掠めるように脳裏を過ぎった。

「えっ……、な…に……？」

絶頂感の余韻に痺れながら、言葉の意味を捕まえようとした凜久の思考の間をすり抜けて、琉黎の思念は消えてしまった。

深く胸を喘がせながら、その残像を捕まえようとするように弱々しく伸ばされた凜久の手は、空しく空を摑んで彷徨っていた。

「ここしばらく、祓いの仕事は入ってないよね」

店へ下りてくるなり言った凜久を、開店の準備をしていた瑠多がちらりと見た。

「明日、静岡へ行ってこようと思うんだけど……」

「静岡？　何しに行くんだ」

「葦耶姫は遠州の豪族、篠尾景胤の娘だったんだって」

「琉黎から聞いたのか」

「うん。それで、ネットで調べてみたら、隆法寺っていうお寺に、篠尾一族のお墓が今も残ってるみたいなんだ」

「葦耶姫の墓もあるのか」

凜久は首を振った。

「住職の飯村さんとメールのやりとりをしたんだけど、葦耶姫のことは知らないみたい」

飯村は隆法寺の住職を務める傍ら、郷土史家として篠尾一族について調査、研究もしているとのことで、凜久からの問い合わせのメールにも丁寧な返事をくれた。

そして、訪ねてくれれば寺に保管されている資料を見せてくれると言ってくれたのだった。

「琉黎が言った約束のひと月はもうすぐなのに、僕はまだ琉黎とのことを何も思い出せてない。このまま何もしないで、時間だけが過ぎるのを、待っていられない気がするんだ」

瑠多は小さくうなずいた。

「分かった。今のところ、祓いの仕事は入ってないし、行ってくればいい。琉黎も一緒に行くのか？」

「僕、ひとりで行ってくる」

「どうして……」

「だって、これは僕の問題だから」

「そうか」

ショーケースを手早く乾拭(からぶ)きしながら、瑠多は深く追及せず短く答えた。

「琉黎には、言わないで行こうと思うんだ」

乾拭きしていた手を止め、瑠多が振り向いた。

「言ったら、ついてきたがるかもしれないし。だから……」

「凜久の気がすむようにすればいい。あいつのことは任せろ。メシくらい、ちゃんと食わしといてやる」

「面倒かけてごめんね、瑠多」

「別に、謝るほどのことじゃないだろ。葦耶姫のこと、何か分かるといいな」

「うん……。ありがとう」

琉黎が教えてくれた篠尾景胤という豪族の名前は、ネットで調べてみたらすぐにいくつも記事が出てきた。でも、葦耶姫の名前は一つもヒットしなかった。

葦耶姫は、本当に存在したのだろうか。隆法寺に今も残っているという篠尾一族の墓へ行っても、何も分からないままかもしれない。

それでも、やっと摑んだ手がかりである。やはり、行ってみなければ、と凜久は思った。

翌日、早朝の新幹線で、凜久は静岡へ向かった。

新幹線を降りてレンタカーを借りた凜久が、篠尾一族の墓が残る隆法寺のある町へ到着したのは昼前だった。

幹線道路沿いのファミレスで昼食をすませてから、いよいよ隆法寺へ向かった。

歴史を感じさせる石造りの総門をくぐると、中門へ続く長い石段の参道があった。

参道の両側に植えられた紫陽花（あじさい）は、ちょうど花盛りのようで、しっとりとした青い花を咲かせている。

息を切らしながら、凜久が中門へ続く石段を登っていくと、作務衣を着た小柄な老人が木陰に敷いたシートの上で二、三歳くらいの男の子を遊ばせていた。

「すみません。失礼ですが、飯村さんでいらっしゃいますか」

「はい、そうですが」

凜久が声をかけると、老人は気さくに返事をしてくれた。

「初めまして。メールを差し上げた葦原です」

「ああ、あなたが……」

ちょっと驚いたように目を瞠ってから、飯村はゆっくりした動作で立ち上がった。

「お言葉に甘えて、お邪魔させていただきました。よろしくお願いします」

飯村は、痩せた頰に人懐っこそうな優しい笑みを浮かべて凛久を見た。

「かまいませんよ。篠尾景胤について調べているなんて言うから、もっと年配の方だとばかり思ってました。ずいぶんお若い方だったんですね」

凛久は、困ったようにちらりと笑った。

「あの、資料を見せていただく前に、景胤のお墓にお参りさせていただいてもいいですか」

「どうぞ、どうぞ。景胤も喜ぶでしょう」

気さくに答えると、飯村はあどけない顔で、きょとんとふたりを見つめていた男の子の手を引いて歩き出した。

「篠尾一族は、古くからこの辺り一帯を治めていましたが、今川、武田、徳川が三つ巴の勢力争いを繰り広げた遠州騒乱で生き残ることができず滅亡しました」

寺の裏山へ続く坂道を上りながら、飯村が篠尾一族について説明してくれた。

「ここが、篠尾一族の墓所です。上の方へ行くほど、時代の古い墓になります」

飯村が指し示した、鬱蒼と竹が生い茂る林の中へ目をやると、苔生した墓石が数基ずつ固まって点在しているのが見えた。

「景胤さんのは、どれでしたかな」

すたすたと竹林の中を歩き、飯村は「ああ、これこれ……」と呟いた。

「これが篠尾景胤の墓です」

苔生したいくつかの墓石を従えるようにして建った五輪塔を、飯村が指し示した。

思っていたより小ぶりだったけれど、立派な墓だった。

これが、葦耶姫の父親の墓――。

ということは、自分がかつて父と呼んだ人の墓ということになる。不思議な巡り合わせに感慨深く、凜久は静かに瞑目し手を合わせた。

梢を鳴らして、湿気を含んだ風が髪を乱して吹き抜けていく。

「こっちにあるのが、篠尾氏最後の当主、季景の墓です」

篠尾氏最後の当主季景の墓は、石造りの外柵に囲まれた宝篋印塔だった。

「女性の墓は残ってないんですか？　奥方とか姫とか……」

「ありますよ。そっち側の一回り小さいのが、季景の妻妾たちの墓です」

一族の男子が葬られたところから少し離れたところに、やや小さめの墓石が肩を寄せ合うようにして並んでいた。

「メールにも書きましたが、景胤には、葦耶姫という娘がいたはずなんですが」

「調べてみたんですが、分からないですね。そもそも、景胤の時代は、女性は名前ではなく誰々の妻とか娘とか記述されることが多いですし」

「そうですか」

「景胤に、葦耶姫という娘がいたことは確かなんですか？」

「ええ。五百年くらい前の人だということは分かっているんですが……。父である景胤と一緒に、京の都へ上ったこともあるそうなんです」

「ほう……。それは、どこに残っていた資料ですか。大変興味深いですな」

「あ……。えーと、最近取り壊されてしまった社に……」

まさか、自分が葦耶姫の生まれ変わりだとは言えない。そんなことを言ったら、胡散臭いを通り越して、頭のおかしいヤツだと思われかねない。

凜久はつい、しどろもどろで取り繕ってしまった。せっかく、親切にしてくれているのに、申しわけなさに胸が痛んでしまう。

「そ、それによると……、景胤が千句連歌の会に招かれたことがあったそうで、その時に一緒に都へ上ったらしいんです」

「なるほど。篠尾氏は元々、室町幕府の相伴衆の出と言われていて、公家とも親交があったようですから、そういうこともあったかもしれませんね」

「木花咲耶姫命の本名、葦津姫に因んで葦耶姫と名づけられたとかで、その……、とても美人だったらしいんですが……」

自分で自分のことを美人と褒めるようで照れくさく、凜久はつい伏し目がちに言った。

「葦原さんからメールをいただいて、わたしも寺に残っている景胤の資料を当たってみたんです。実のところ、景胤の時代の資料は、そう多くないんですが……。そういえば、千句連歌の会について書かれた物もあったような……。ご覧になりますか」

「ありがとうございます。ぜひ、お願いします」

景胤の墓の前で、凜久は深々と頭を下げた。

飯村に案内された座敷で凜久がひとり待っていると、どこからともなく現れた黒猫がのっそりと入ってきた。

「瑠多？」

思わず言ってしまってから、凜久は苦笑した。

尻尾（しっぽ）は一本しかないし、瑠多自慢のプラチナブロンドの飾り毛もない。だいたい、こんなところへ、瑠多が突然現れるはずがなかった。

腕時計をちらりと見て、琉黎は今頃どうしているだろう、と思った。

早朝、まだ琉黎が眠っているうちにベッドを抜け出した凜久は、そのまま何も告げずにここまで来てしまった。

やっぱり、琉黎も一緒に来た方がよかっただろうか——。

自分の問題だから、自分だけで解決するのだ、と瑠多には言ったが、葦耶姫の墓があるかもしれない寺へ琉黎を連れていきたくないというのが本音だった。

それが、葦耶姫への子供じみた嫉妬だと、薄々自覚しつつあるものの、自分の中でまだ認めたくない気持ちも強い。

そもそも、葦耶姫に嫉妬するというのは、自分で自分に嫉妬しているようなものだとも思う。それでも、葦耶姫と自分自身を同一人物とは、未だにどうしても思えないのである。

そんな複雑に揺れ動く気持ちを持てあましたまま、琉黎と一緒に葦耶姫の足跡が残る地を訪ねることはできない、と頑なに思ってしまったのだったが――。

廊下の向こうから足音がして、飯村が戻ってきた。

「お待たせしました。一昨年、時代小説を書かれている作家の先生が篠尾氏滅亡の頃のことについて調べにきたことがあって。その時にも、かなり資料を年代別に整理、調査したんですが。葦原さんが調べているのは、それよりもまたずいぶん前の時代のことで……」

抱えてきた数冊の古文書をテーブルの上に置いて、住職は凜久の傍らに腰を下ろした。

「葦原さんの仰る通り、景胤には娘がいたようです。それから、景胤が都へ上ったのは、永正十二年でした。ただ、その時に娘を一緒に連れていったかどうかまでは……」

「永正十二年……」と、凜久が呟くと、飯村が「五百年くらい前ですな」と引き取った。

凜久の心臓がドクンと跳ねた。

間違いない。その年、琉黎と葦耶姫は、京の都で巡り逢い、運命の恋に墜ちたのだ。

「そうそう。葦耶姫のことかどうかは分かりませんが、ちょっとおもしろい資料がありました」

「えっ、おもしろいって、どんなことですか？」

「当時の住職が書き残した日記の中に、永正十三年三月に、景胤の館で神隠しの騒動があったという記述があります」

「永正十三年というと、景胤が都へ上った翌年ですね」

「ええ。輿入れを目前に控えていた景胤の娘が、忽然と館から姿を消してしまい、村中総出で山狩りまでしたそうです。この寺でも、無事を祈願して法要を行ったとありますが、ついに見つからなかった。おそらく神隠しに遭ったのに違いない、と書いてあります」

それは、葦耶姫のことに違いない、と凜久は直感した。

五百年も経った現代になっても、こうして記録は残っているのだと感心してしまう。

記録としてきちんと書かれていなくても、昔語りや言い伝えとして残された話の中にもきっと真実は多く含まれているのだろう。

琉黎が封印されていた岩室を護っていた龍ヶ守神社の縁起物語も、荒唐無稽な昔話かと思ったがそうではなかった。

そう思った時、水晶ヶ池近くの福寿寺に、茅花御前伝説という昔語りが残っていると聞いたのを、凜久は唐突に思い出していた。

途端、ドキリと心臓が鳴っていた。

茅花の『茅』はカヤとも読む。もしかしたら、葦耶姫の葦耶が長い間に茅となり、茅花に変化してしまったのではないか――。

だとすると、伝説の茅花御前と葦耶姫は、同一人物である可能性がある。もしもそうであるなら、葦耶姫はここから琉黎が封印された水晶ヶ池まで行ったということになる。

だが、ここから水晶ヶ池までは、直線距離で五百キロ以上離れている。

交通機関が発達し移動手段も多い現代ならともかく、五百年前、仮に葦耶姫が琉黎に会いたい一心で館を抜け出したとしても、たったひとりで辿り着ける距離とは到底思えない。

それでなくとも、村中総出で山狩りまでして行方を捜したというのである。

やはり、誰かの手を借りて、人知れず水晶ヶ池まで移動したと考えるのが妥当だろう。

では、誰がどうやって葦耶姫を館から連れ出し、水晶ヶ池まで連れていったのか。

琉黎自身は、父皇によって水晶ヶ池の岩室にすでに封印されていたはず――。

「神隠しか……」と、考えるように呟いた途端、頭の芯が針を刺されたように痛んで、凜久は思わず指先でこめかみを押さえた。

『どうか、お連れください。わたくしを、今すぐ、琉黎様のもとへお連れください』

耳の奥で、必死に取り縋る女性の涙声が響き、凜久はぎょっと身を強張らせた。

今の は誰の声だ――。

ツキン、と、また頭の芯が鋭く痛んだ。

『たとえこの身を擲とうとも、琉黎様をお救いしなければなりません』

無意識に口をついて出そうになった言葉を、凜久はすんでのところで呑み込んだ。

自分の中で、何かが動き出している。それが何かは分からない。

でも、分かっていることが一つだけある。

自分もまた、できるだけ早く、水晶ヶ池へ行かなければならない――。

理屈ではなく、切迫感を孕んだ思いに背中を押されるように、そう思っていた。

夕方近く、隆法寺を辞した凜久は再び新幹線に乗り込み、とりあえず東京へ向かった。

時間が中途半端だったからか、車内は比較的空いていた。何か連絡でも入った時にすぐ席を立てる方がいいと考えて、凜久はデッキ近くの通路側の空席に腰を下ろした。

隣席ではサラリーマンらしき男性が、車窓には目もくれずスマホでゲームをしている。

隆法寺を出てからずっと、何かに追われているような説明のできない焦りを感じていた。

気持ちを落ち着けなければと、凜久もスマホを取り出しメールのチェックをした。

でも、切羽詰まった焦燥感は募ってくるばかりで、なんだか落ち着いて席に座っている気持ちにもなれない。いったい、どうしてしまったのだろう。

一度帰宅しようと思っていたのだが、このまま水晶ヶ池へ行こうか——。

思いついてすぐ、タブレットPCを使って検索すると、東京駅で乗り継ぎの新幹線に間に合うことが分かった。

やっぱり、このまま水晶ヶ池へ直行しよう。凜久は即座に決断した。

水晶ヶ池へ行けば、もしかしたら涓青という天龍に会えるかもしれないとも思う。

でもその前に、五百年前、葦耶姫の、自分の身に何が起きたのかを知る必要があった。

おそらくは、福寿寺に残るという茅花御前伝説に、真相は隠されているはずだった。

タブレットPCで調べると、福寿寺のホームページが出てきた。

記載されている電話番号をスマホに登録すると、凜久は席を立ってデッキへ向かった。

福寿寺の住職岩井は、幸い在宅していた。

凜久が祓魔師(ふつまし)の葦原だと名乗ると、岩井はすぐに分かってくれた。

そして、茅花御前伝説について聞きたいという凜久の頼みにも、快く了解してくれた。

明日、福寿寺を訪問する約束をした凜久は、すぐに東京の瑠多へ連絡を入れた。

「一度帰るつもりだったんだけど、時間がもったいないし。このまま行くことにした。ネットで調べて電話してみたら、福寿寺の住職の岩井さん、明日なら時間が空くそうなんだ。今晩は水晶ヶ池へ泊まって、明日、福寿寺へ行ってみようと思う」

『俺はかまわないが……』

瑠多が何か含みのある声音で答えたので、凜久は微かに眉をひそめた。

「琉黎はどうしてる？　何か問題でもあった？」

『いや、今は眠ってる』

「なんだ、こんな時間から寝てるの？　ずっと眠ってる」

『ああ。凜久が出かけてから、ずっと眠ってる』

そう言うと、瑠多はほんの少しだけ声を落とした。

『季節は違うが、ほとんど龍の冬眠だな。あれは、普通じゃないぞ』

「……えっ？」

『最初は、お前に置き去りにされて、ふて寝してるのかと思ったんだが……。どうも様子が違う。俺が、凜久はいつ帰ってくるか分からないなんて、つい大げさに言ったもんだから、霊力の消耗を防ごうとして眠りに入ったんだと思う』

瑠多にしてみれば軽い冗談のつもりで言ったはずが、思いがけず琉黎の方では深刻なこととして受け止めた、ということらしい。

「琉黎の霊力って、そんなにすぐに消耗しちゃうものなのかな」

『さあ、俺は猫魈で神霊ではないからな。ただ、この間の透輝の騒ぎの時も思ったんだが、琉黎が凜久を通じて霊力の回復を図るようになってから、もう三週間だ。それでも、まだ完全回復してないというのは妙だ。もしかしたら、完全回復を妨げる理由が、何か他にあるんじゃないのかな』

「……妨げる理由」

『ああ。封印は、実はまだ完全には解けていないとか……』

凜久はドキリとした。もしかして、あの夜に透輝が言いかけたことは、そのことではなかったのか、と思い当たったのである。

「それ、琉黎に訊いてみた？」

『メシ食わすんで起こした時に、訊いてみた』

「琉黎、なんだって？」

『そんなことはないって否定したが、多分、ウソだな』

「どうして、そう思うの……」

『短いつきあいだが、あいつは案外素直な性格だと分かってきたからな。なんだかんだいって、やっぱりお育ちのいい皇子様なんだよ』

「……ふうん」

スマホを耳に当てたまま、凜久は素早く考えを巡らせた。

このまま琉黎と離れ続けているのは、よくない気がする。

でも、福寿寺へは、どうしても行かなければならないとも感じていた。

だったら、どうすればいいのか――。

「面倒かけて悪いけど、琉黎と一緒に水晶ヶ池へ来てくれないかな。現地で合流しようよ」

『俺はいいが、琉黎がなんて言うかだな。ヤツと水晶ヶ池には、因縁がありそうだし』

「もし嫌がって文句言うようだったら、電話してよ。僕から話すから」

『分かった。この間の旅館に行けばいいな』

「うん、そうだね」

『ああそうだ。言っとくが、俺とお前たちの部屋は別にするからな。その方が、霊力の補充も心置きなくできるだろうし』

瞬間、凜久はスマホを当てた耳まで真っ赤に染まっていた。

それまでの深刻な気分が一瞬にして消し飛んで、凜久は思わず声を張った。

「分かってるよ、そんなこと！」

投げつけるような凜久の返事に、瑠多の暢気（のんき）な笑い声が被さる。

釣られて凜久も小さく笑うと、胸の裡で騒ぎ続ける切迫感が、ほんの少し和らいでいた。

「もしも、旅館が満室で一部屋しか取れなかったら、瑠多は琉黎と車の中で寝れば？」

『なんで俺と琉黎が車の中なんだよ。組み合わせが違うだろ』

思わず叩いた軽口に、瑠多のちょっとホッとしたような声が返ってきた。

電話越しにも、凜久の意味不明な焦りは瑠多に伝わっていたらしい。

瑠多らしい心遣いに、凜久は内心で感謝した。

『気をつけろよ。何かあったら、すぐ電話しろ。いいな』

「うん、分かった。ありがとと。それじゃ、水晶ヶ池でね」

『了解』

電話を切ると、凜久はすっかり暗くなった車窓へ目を向けた。

ガラス窓に自分の顔が映っている。

もうすぐ、琉黎に会える。そう思っただけで、我知らず口角が上がっていることに気づき、凜久はひとり赤面した。

でも、たった一日離れていただけで、もう何日も顔を見ていないような寂しさを感じる。

琉黎が、葦耶姫とそっくりだと言ってくれた自分の目を、凜久は覗き込むように見た。

五百年前、自分はこの目で、琉黎と見つめ合っていたのだろうか。

脳裏に、琉黎のラピスラズリの双眸を思い浮かべた時、キーンと耳鳴りがしていた。

頭の芯が鋭く痛んで、凜久は思わずガラスに縋り目を閉じた。

『琉黎様。今しばらくのご辛抱でございます。我が身に代えましても、必ずやわたくしがお救い申し上げます』

新幹線の走行音に入り交じり、耳の奥で悲痛な女性の声が響く。

思い詰めたこの声の主は、自分の中に眠る葦耶姫に違いない、と凜久は確信していた。

彼女がどんな手段を使って遠州から移動したのか分からないが、なんにせよ、五百年前、葦耶姫は悲壮な決意のもと、琉黎が封印された水晶ヶ池へと赴いたのだ。

おそらく、もう二度と親元へは戻らない覚悟だっただろう。

水晶ヶ池で、葦耶姫は琉黎に会えたのだろうか。

多分、それはない――。

新幹線が猛スピードで駆け抜けていく闇に目をこらしつつ、凜久は思った。

父皇によって施された琉黎の封印は、五百年後、凜久が水晶ヶ池を訪れるまで解かれることはなかったのだから――。

せめて、岩室を封じた巨岩越しに、琉黎と言葉を交わすことくらいできただろうか。

どちらにしろ、神隠しに遭ったとされる姫が無事に見つかったという記録は、隆法寺には残っていなかった。

それでは、命がけで水晶ヶ池へ向かった葦耶姫は、その後、どうしてしまったのだろう。

ゾクッと背筋を走り抜けるものがあって、凜久は思わず深く息を吸い込んだ。

移動手段こそ違っているが、図らずも、五百年前の葦耶姫と、自分は今、同じ道を辿ろうとしていると気づいた。

水晶ヶ池へもう一度行ったら、自分の魂に刻まれているはずの葦耶姫の記憶は、蘇ってくるのだろうか。

福寿寺に残されているという茅花御前伝説は、凜久の推測通り葦耶姫のことなのか。

次々に湧き上がる疑問や不安と闘いながら、凜久は一路、水晶ヶ池を目指していた。


前回来た時に泊まった鄙(ひな)びた旅館の前でタクシーを降りると、凜久は旅館の中へは入らず隣接する駐車場の方へ回った。

「あれっ……、まだなんだ」

てっきり、先に到着しているとばかり思っていた琉黎たちは、まだ来ていないらしく、駐車場には古びたワゴン車が一台止まっているだけだった。

いつものように、龍体になった琉黎が瑠多の乗った車を抱えて運べば、ここまでひとっ飛びだと思っていたのだが、当てが外れてしまった。

「もしかして、行きたくないってゴネてるのかな……」

ポケットからスマホを取り出すと、凜久は瑠多にかけてみた。

「もしもし瑠多？　今、どこ？」

『どこって、まだ家だよ』

「琉黎、やっぱり来たくないって？」

『そうじゃない。でも、龍に変化して飛んでいくのは嫌だと言うんだ』

「どうして？」

『新幹線というのに乗ってみたいんだと』

　瑠多も、当てが外れたと言わんばかりに鼻を鳴らしている。

「新幹線なんて、よく知ってたじゃない」

『凜久のせいだ』

「えっ？」

『あいつに、パソコンの使い方を教えただろう』

「ああ……」と、凜久はつい笑ってしまった。

『仕方がないから、明日、新幹線でそっちへ行くことにした』

「……分かった。琉黎はまた眠ってるの？」

『晩メシ食ったら、すぐに寝た。起こすか？　眠るといっても半睡状態だから、呼べばすぐに起きるぞ』

「いいよ、別に……」

　本当は琉黎の声が聞きたかったけれど、瑠多の手前、凜久はそう強がった。

　それに、もしも琉黎が本当に霊力を温存しようとして眠っているなら、できるだけ無理はさせたくなかった。

やっぱり、最初から一緒に行動すればよかった、と後悔が募ったが、明日になれば会えるのだからと気を取り直すしかない。

「僕、明日は福寿寺の岩井さんと会う約束しちゃったんだ。宿へ戻ってこられる時間、はっきりしないいんだけど」

『かまわないよ。新幹線に乗った時点で、何時頃そっちへ着くかメールするよ』

「分かった。それじゃ、お休みなさい」

『ああ、お休み』

電話を切って、スマホをポケットに落とし込むと、凜久はすとんと肩も落とした。

ここまで来れば、琉黎に会えるとばかり思い込んでいた。知らず知らず膨らみきっていた期待感が、空気の抜けた風船のように萎んでいく。

「なんだよ……」と、凜久はひとり呟いた。

琉黎は、少しでも早く凜久に会いたいとは思ってくれなかったのだろうか。それとも、たった一日離れていただけで、龍体での移動をためらうほど霊力を消耗してしまったとでも言うのだろうか。

それにしても、琉黎にとって、自分はなんなのだろう、と凜久は改めて思った。

自分たちは、五百年前からの宿命の理で結ばれているのだと琉黎は言っていたが——。

実は単なる霊力の源泉、スマホの充電器みたいなものではないかとも思ってしまう。

「あげくに、新幹線にも負けたんだよな……」

考えてみれば、琉黎とともに暮らすようになってから、こんなに長く離れているのは初めてのことだった。今夜はひとりぼっちなんだ、と思って見上げた夜空は満天の星だったが、月はどこにも出ていなかった。

『……もう一度、涓青に会って直に詫びたいと思う故、織月の夜には必ず戻ると言っていた、と涓青に伝えよ……』

不意に、琉黎が言った言葉が脳裏に蘇ってきた。

織月とは、どんな月のことなのだろう。満月や三日月なら知っているが、織月は聞いたことのない呼び方だった。

ポケットから再びスマホを取り出し、凜久は月齢を検索してみた。

織月とは新月で姿を消した月が、再び糸のように細く姿を現した状態のことだった。

日没後のまだ明るい空に、微かに浮かんでいることがあるらしい。

「新月が明後日（あさって）だから、織月は明明後日（しあさって）くらいか……」

そうすると、琉黎は凜久のせいで、予定より少し早くここへ戻ることになったのだった。

「ひょっとして、それが嫌で新幹線で行くなんて言い出したのかな……」

だとすると、琉黎が自ら決めた『織月の夜』という期日には、何か意味があるのではないか。それは考えすぎで、本当に好奇心から新幹線に乗ってみたかっただけかもしれない。

駐車場でひとり、凜久は堂々巡りのように考え続けた。

「ああ、もうやめよう。考えたって仕方がない」

小さく首を振って雑念を追い払い、ようやくスマホから目を上げた凜久は、そのままぎょっと固まっていた。

目の前に、狩衣姿で立烏帽子（たてえぼし）を被った、見知らぬ老人が佇（たたず）んでいたのである。

老人は白髪で、狩衣の上からでもひどく痩せこけていることが分かった。

思わず後退った凜久を包む空気が、ほんの少し密度を増したように感じた。

おそらく、この老人が周囲に結界を張ったのだろう。

「……えっと……」

恐る恐る声をかけようとして、凜久は老人の陰に隠れるように控える蘇芳に気づいた。

「蘇芳？」

「はい。その節は、大変お世話になりありがとうございました」

にこっと笑った蘇芳の顔を見て、凜久の警戒心も薄らいだ。

「元気そうで安心した。どうしてるか、瑠多も心配してたから」

「ありがとうございます。今は、小姓として、涓青様の身の回りのお世話をさせていただいております」

涓青という名前には、聞き覚えがあった。琉黎の守り役だったという天龍である。

ということは――。

「失礼ですが、それではあなたが涓青さんですか？」

「我が名をご存じか」

枯れ枝のように細い身体には不似合いなほど、重みのある厳かな声で涓青が訊いた。

「琉黎から聞きました」

凜久が琉黎と呼び捨てにしたのが気に入らなかったのか、涓青の眉間にグッとしわが寄った。殿下、と言い直すべきかと一瞬思ったが、凜久は開き直ってしまうことにした。

「守り役だったんですよね、琉黎の……」

「左様。琉黎殿下が幼き頃より、霆穹皇陛下の後に連なるに相応しい天龍となられるよう、心血を注いでお育て申し上げた。それが、どこでどう間違ってしまわれたものやら……」

二度、三度と、嘆くように首を振った涓青の前で、凜久はなんだか申しわけない気持ちになっていた。五百年前、寺参りに出かけた葦耶姫が供の者とはぐれたりしなければ、その後の琉黎との出逢いもなかったのに違いなかった。

でもだからといって、自分が謝るのも違う気がして、凜久は黙って涓青を見ていた。

「しかし、あのか弱き姫が、よもや魔と闘う卓越した力を持って生まれ変わろうとは、思いもよらぬことでござった……」

感慨深げに呟いて、涓青は自嘲するように喉の奥で低く含み笑った。

「そのお力で蘇芳をお救いくだされたこと、わたしからも礼を申し上げる」

「お礼だなんて……。僕はするべきことをしただけです。祓魔は、僕の仕事ですから」

できるだけさらりと、凛久は事実のみを口にした。

「そういうところは、少しもお変わりになりませぬな」

「えっ？」

「慎ましやかに見えて、芯はしっかりと強い……」

涓青は葦耶姫を知っているのだ、と凛久は思った。涓青の中でも、葦耶姫と凛久はイコールだった。でも、肝心の凛久は葦耶姫を知らない。

凛久は複雑な思いで、涓青の言葉を聞いていた。

「あの、僕に何かご用でしょうか？」

これ以上、涓青の口から葦耶姫の話を聞きたくなくて、凛久は遮るように言った。

「左様。本日は、ぜひともお願いしたきことがあり罷り越した」

ふっと表情を改め、涓青は凛久を正面からじっと見据えた。

その目に浮かぶ光の厳しさは、凛久が思わずたじろいでしまうほどだった。

「葦耶姫様と殿下の縁の強さ、深さは、この涓青もよく存じ上げております る。その上で、是が非でもお聞き届けいただきたきことがございます」

涓青の張り詰めた声が、低く重々しく響く。どうして、この場に琉黎が一緒にいてくれないのだろう、と、凜久は今さらながら恨めしく思った。

「なんでしょうか……」

気圧されまいと問い返した声が上擦り、喉に絡んで掠れてしまう。

「ご承知の通り、天龍と人では、命の理があまりにも違いすぎる。どうかこの際、琉黎殿下のことはきっぱりとお諦めいただきたい」

五百年も経ってなお、涓青は琉黎と葦耶姫の恋には反対であるらしい。

それほどまでに、天龍と人の恋愛は許されないことなのか。別にショックを受けるようなことではないと思うのに、凜久の胸にひたひたと薄い哀しみが広がった。

この哀しみは、どこからくるのだろう、と凜久は伏し目がちにぼんやり思った。

「産土神として長くこの地を守護してきた者として、社が取り壊されたからといって、直ちに見捨ててしまうのも忍びなく、今日まで踏み留まっておりましたが。いよいよ、わたしも扉の向こうへ戻る時が参りました。その際には、是が非でも琉黎殿下にも、ご一緒していただきたいと願っております」

多分、琉黎のためにはその方がいいのだろう、と凜久も思う。でも、水晶ヶ池の扉は閉じられることに決まったと、透輝が言っていた。

琉黎が涓青たちと扉の向こうへ戻ってしまったら、今度はいつ会えるか分からない。

もしかしたら、凜久の今生ではもう二度と会えないかもしれない。

それは、嫌だ——。

即座に湧き上がってきた、思いがけないほど強い思いに唇を噛み、凜久は伏せていた目を上げ、目の前に立つ老人を見つめた。

「確かに、人はどんなに長生きしても、せいぜい百年がやっとです。僕の今生の寿命が尽きれば、僕たちはまた離れ離れになってしまう。残される琉黎にも、寂しく哀しい思いを強いることになるでしょう。でも、愛し合うって、どれだけ長く一緒にいたかではないと思うんです。互いに魂の深いところで繋がってさえいれば、必ずまた巡り逢える時がくる。試練は繰り返されるかもしれないけれど、何度でも乗り越えられると思うんです」

凜久の脳裏に、爾示の魂が生まれ変わってくるのを、揺らぐことなく待ち続けている瑠多の姿が浮かんでいた。

口に出しては言わないけれど、瑠多だってきっと寂しく切なく、一日千秋の思いを日々抱えて生き続けているのだろう。

でも、瑠多は決して自分が不幸だとは思っていない、と凜久は感じていた。

それはきっと瑠多が、爾示の魂と深く結びついている確信を持っているからに違いない。

瑠多はひとりだが、ひとりで生きているのではないのだ、と今さらながらに思う。瑠多の傍らには、常に爾示の変わらぬ深い想いが寄り添っているのだ。

だとすれば、いずれ凜久が人としての短い生を終えた後、琉黎も瑠多のように凜久が再び生まれ変わってくるのを飄々と待っていてくれるのに違いない。

そう思うと、胸の奥が仄かに暖かくなるような気さえする。

「ただ、五百年前に何があったのか、僕は何も覚えていなくて、今もまだ思い出せずにいるんです。思い出せるまで待つと、琉黎は言ってくれていますが……」

涓青は静かにうなずいた。

「五百年、殿下はただ一度の恋を貫き続けてこられた。その深い想いは、どうか受け入れていただきたい」

「えっ……。でも……」

たった今、涓青は凜久に琉黎のことを諦めろと言わなかったか――。

「五百年越しの恋が成就すれば、殿下も思い残すことなく、霆穹皇陛下のもとへお戻りになれましょう」

普通、恋が成就したら、尚さら離れがたくなるのではないか。琉黎はますますアチラ側へは帰りたくなくなるだろうし、凜久だって想い合う相手と生き別れるのは絶対に嫌だ。

涓青は、凜久に何を望んでいるのだろう。

「わたしとともに陛下のもとへ戻るよう、琉黎殿下を説得してくださらぬか」

続いて涓青が発した、あまりに意外な言葉に、凜久はぽかんと口を開けてしまった。

琉黎のことは諦めろと言ったかと思えば、琉黎の想いを受け入れろと言う。そして今度は、涓青とともにアチラ側へ帰るよう説得しろと言う。

言っていることに一貫性がなさすぎて、なんと返事をすればいいのか分からない。

だが、涓青はあくまでも真剣だった。

「七重の膝を八重に折り、お頼み申し上げる。どうか琉黎殿下を、霆穹皇陛下のもとへお戻しいただきたい」

必死の思いと苦渋が滲む涓青の表情を、凜久はただただ困惑して見つめていた。

すると、また頭の芯に針を突き立てられたような痛みを感じ、凜久はクッと息を詰めた。

「琉黎様は、必ずや、このわたくしがお救い申し上げます」

我知らず口をついて出てしまった言葉に、凜久は驚きのあまり両手で口を押さえた。

今の言葉は、絶対に凜久が発したものではない。

それなのに——。

「おお！　お聞き届けくださるか！」

伏せていた顔をぱっと上げ、涓青は喜色満面で言った。

「それでこそ武家の姫君、さすがにご覚悟が違う。やはり、琉黎殿下のお心に適(かな)ったお方だけのことはある」

「…えっ、あ、あの……っ……」

すっかりうろたえている凜久に反駁(はんばく)する隙も与えず、そう一気にまくし立てると、涓青は深々と頭を下げた。

「ご決断、誠に痛み入りまする。どうか殿下のこと、くれぐれもお願い申し上げまする」

ひゅっと強い風が吹きつけて、凜久は思わず目を瞑った。

目を開けた時、涓青の姿はもうどこにもなかった。蘇芳もともに姿を消してしまった。

ただひとり、凜久は惘然として薄暗い駐車場に立ち尽くしていた。


翌日、凜久はレンタカーを借り、茅花御前伝説が残る福寿寺へ向かった。

寺から少し離れた駐車場へ車を入れると、凜久は近くを流れる小川のせせらぎを聞きながらゆっくりと歩いていった。

周辺にはまだ茅葺き（かやぶき）屋根の家が点在し、川辺には紫露草の花が咲き乱れている。

長閑（のどか）な風景だが、最初に水晶ヶ池で感じたような、強烈な既視感はなかった。

茅花御前と葦耶姫が同一人物なら、どこかに見覚えがあるはずだ、と思うのだが、どうも少々当てが外れたような気分だった。

福寿寺はそれほど大きな寺ではなかったが、創建は平安時代にまで遡るという古刹（こさつ）だった。瓦葺き（かわらぶき）の山門を入ると、すぐ左手に墓地が広がっていた。

小さな石仏に寄り添うかのように、可憐（かれん）な百合の花が咲いている。

本堂にお参りしてから、裏手にある庫裏の方へ回り呼び鈴を鳴らすと、すぐに住職の岩井が出迎えてくれた。

岩井は、背が高く恰幅のいい男性だった。毎日、読経をしているおかげなのか、七十代半ばとは思えないほどよく響く声で闊達な話し方をする。

「初めまして。葦原と申します。今日は突然すみません」

東京駅で買ってきた手土産を差し出し丁寧に挨拶した凜久を、岩井はにこにこと目を細め懐かしそうに見た。

「凜久君だね。実は、初めましてじゃないんだよ」

「どこかで、お目にかかったことがありましたか？」

「僕は若い頃、寺を継ぐのを嫌って、東京に逃げ出していたことがあってね。その頃から、君のお祖父さんの綾冶さんと、親しくさせてもらってたんだ。綾冶さんは、僕より確か二つ、三つ年上だったが、ずいぶんよくしてもらったよ。僕がこちらへ戻ってからも、上京すると必ず酒を酌み交わし旧交を温めていた。まだ小さかった君と一緒に、遊園地へ遊びに行ったこともあるよ」

「えっ……。そうだったんですか」

葦耶姫どころか、自分のことも忘れてしまっていることにばつの悪さを感じる。

「すみません。僕は全然覚えていなくて……」

「凜久君は、確か三歳になったばかりくらいだったから、覚えてなくて当然だよ。でも、君は綾冶さんの自慢の孫だったよ」

「僕がですか？」

「うん。『この子は、俺なんかよりずっと強い力を秘めてる。そりゃ、嬉しそうに手放しで自慢してたっけ、この子の場合は先祖返りだな』って。よく、隔世遺伝とかいうけど、なんだか、恥ずかしくて照れくさくて、凜久はなんと返事をすればいいのか困ってしまった。まさか、こんなところで祖父のジジバカぶりを聞かされるとは思わなかった。

「あ……、もしかして、それで龍ヶ守神社の件、紹介してくださったんですか？」

「杉浦さんはウチの檀家でね。困ってるって話を聞いて、それならいっそ祓魔師に頼んで祓ってもらったらって言ったんだよ。綾冶さん自慢の孫なら、間違いないからって」

「そうだったんですか」

思いがけない縁に、感慨が込み上げていた。

凜久がまだ中学生だった頃に亡くなった祖父綾冶は、祓いのことに関してはとても厳しかった。でも、孫である凜久には、いつだって優しく甘いお祖父ちゃんだった。

幼い頃、祖父と一緒に家の近所の公園へ遊びに行くのが、凜久は大好きだった。

祖父と手を繋いで、歌を歌いながら公園へ行き、また歌を歌って帰ってくる。

両親を亡くしてからは、親代わりとして懸命に凜久を育ててくれた。家族と縁の薄い凜久にとって、祖父綾冶との思い出は一点の曇りもない幸せな記憶の一つだった。

「でも、綾冶さんの目は間違いなかったみたいだね。聞いたよ、杉浦さんから。すごかったそうじゃないか。僕も見たかったけど、あの日は生憎法事の予定が入っててね」

「……いえ、あれは…その……」

玄関先に立ったまま、凜久はますます困って口ごもった。

「ああ、ごめん、ごめん。いつまでも、こんなところで立ち話をしていても仕方がない。さあ、上がって、上がって。綾冶さんの懐かしい昔話もしたいけど、まずその前に茅花御前の話だったね。書庫を探して、いろいろ資料も出しておいたよ」

「ありがとうございます。それじゃ、失礼します。……あの茅花御前ですが、葦耶姫という名前をお聞きになったことはありませんか」

脱いだ靴を揃えながら訊いた凜久に、岩井は「あるよ」とあっさり答えた。

「姫かどうかは分からないが、カヤというのは茅花御前の名前だよ」

「えっ!?」

上がり框に膝をついたまま、凜久はびっくりして振り向いた。

「茅花御前の亡骸を運んできて供養を頼んだ老人が、この女性の名前はカヤだと告げたそうだ。まるで眠っているとしか思えない、それは美しい亡骸だったそうで、カヤという名の花のように美しい女性ということで、茅花御前と呼ばれるようになったんだ」

「それじゃ、このお寺に葦耶姫……、えーと茅花御前のお墓があるんですか？」

「あるよ。案内しようか」

「ぜひ、お願いします」

　せっかく脱いだ靴を慌てて履き直し、凜久は岩井とともに外へ出た。

「僕は葦耶姫という女性のことを調べていて、確証はないんですが、おそらくこちらの茅花御前と同一人物ではないかと考えてるんです」

「なるほど……。茅花御前の本名はカヤだけど、詳しい出自は分からないんだ。おそらく、武家の出身だろうというくらいしかね」

「茅花御前の亡骸を運んできた老人は、茅花御前とはどういう関係だったんでしょうか」

「さあ……。カヤという女性については、さる高貴な方の想い人で、都を追われた恋人を追ってここまで来たが、長旅の末にこの地で亡くなってしまった、と老人が語ったとされる話が残っているんだけど。老人は、自分のことは何も語らなかったらしい」

「高貴な方の想い人……。だから、こちらでは姫ではなくて御前なんですね」

「そう。巴（ともえ）御前とか静（しずか）御前とかと同じだね」

　よく手入れをされた庭園の中をゆっくり歩きながら、岩井は穏やかに相づちを打った。

「茅花御前の想い人である『さる高貴な方』の手がかりは、何か残っていないんですか」

「寺の古文書によると、茅花御前の亡骸が運ばれてきた日は、前夜からものすごい嵐（あらし）が吹き荒れていたそうだ。老人は身なりも立派で身分のある人のように思われたが、それにしては暴風雨の中を供も連れずたったひとりで、茅花御前の亡骸を馬に乗せて運んできた。しかも不思議なことに、老人も馬も全然濡れていなかったそうだ。その上、亡骸を乗せた馬が、この辺りでは誰も見たことのないすばらしい白馬だったらしい。老人は白馬を寺へ納めるので、この女性の供養を頼みたいと申し出た。もしかしたら、老人は狢（むじな）や狸（たぬき）が化けているのではないかと怪しんだ寺男が、帰っていく老人の後をそっと追いかけると、山門を出たところで老人の姿はかき消すように見えなくなってしまった。驚いて周囲を見回すと、雷雨を突いて山の方へ飛んでいく真っ白な龍の姿が稲光に神々しく浮かび上がっていた。それで、あの老人は龍の化身だったと分かったと伝えられているんだ」

「水晶ヶ池にも、白い龍が降臨したという昔語りが残っていましたね」

「茅花御前の話は、水晶ヶ池に龍神が降臨したのと、おそらく同じ頃の話だと思う。古い言い伝えでは、老人が語った茅花御前の想い人である『さる高貴な方』というのは、龍神の皇子ではないかとも言われているんだよ」

ドクン、と凜久の心臓が跳ねた。

「どうして、皇子だって分かったんですか？」

「その辺りについては曖昧（あいまい）でね。多分、確証はないんじゃないかな」

「そうですか……」

凜久の脳裏に、昨夜会った涓青の姿が浮かんでいた。

葦耶姫の亡骸を寺まで運んで供養してくれたのは、涓青ではなかったのか。

封印されて動けない琉黎の意を受けてのことだったかどうかまでは分からないが、涓青であるなら亡骸を運んできたのが老人だったという話とも、老人や馬が雨に濡れていなかったことなどとも合っていると思う。おそらく、結界を張っていたのだろう。

それなら、葦耶姫を遠州からここまで連れてきたのも、涓青だったのだろうか。

龍体になった涓青が葦耶姫を連れて空を飛んできたのだとしたら、隆法寺に残されていた神隠しの話とも辻褄が合うし、葦耶姫が五百キロも離れたこの地までたったひとりで辿り着けたことにも説明がつく。

池の畔の小さな祠の前で、岩井は足を止めた。

「ここが、茅花御前の墓所だよ」

祠の中には、御影石でできた小ぶりの石塔が祀られていた。石塔の周囲には、小さな地蔵菩薩像が石塔を護るように配置されている。

石塔は新しくはないが、それほど古い時代の物にも見えなかった。少なくとも、隆法寺で見た景胤の墓よりは、かなり時代が下がった物のように思えた。

「このお墓は、いつ頃造られたんですか？」

「江戸時代だよ」

それでは、葦耶姫の時代とは大きくかけ離れてしまう。急に昔語りに信憑性がなくなってしまったような気がして、凜久はちょっとがっかりしてしまった。

「この寺は、戦国時代の終わりに、兵火によって一度焼失してるんだ。茅花御前の墓も、その時に戦禍に巻き込まれ焼けてしまった。江戸時代に入って世の中も落ち着いて、ようやく寺が再建される運びとなった時に、一緒に新しく建て直されたんだよ」

「そうだったんですか……」

祠の前へ進み出ると、凜久はひっそりと建つ石塔を見つめた。

ここに葬られているのは、五百年前に死んだ自分だと思うと、なんだか変な気がする。

不意に、ざあっと梢を鳴らして風が吹き抜けていった。

風を追うように顔を上げると、琉黎が封印されていた水晶ヶ池のある山が見えていた。

ここまで辿り着きながら、葦耶姫はどうして死んでしまったのだろう、と凜久は思った。

涓青なら、すべてを知っている気がした。

どちらにしろ、琉黎が封印されていた水晶ヶ池からそう遠くないこの地で、葦耶姫は永い眠りについた。そして、現し身から解き放たれた姫の魂は、おそらくいくつもの時代をくぐり抜け、今、凜久として生まれ変わりここに立っている。

糾える縁の糸の存在を確かに感じた気がして、凜久はそっと手を合わせた。

庫裏へ戻ると、岩井は凜久を座敷に残し、寺に伝わる茅花御前の遺物を取りに行った。

静まりかえった座敷には、微かに香の香りが漂っていた。

廊下に面した障子が開け放されているので、廊下のガラス戸越しに、つい先ほど岩井と一緒に歩いてきた庭園が見えていた。

生まれ育った遠州を遠く離れることを、葦耶姫は不安には思わなかったのだろうか。

静岡の隆法寺で確かに聞いた葦耶姫の悲痛な叫びを、凜久は思い返した。

『たとえこの身を擲とうとも、琉黎様をお救いしなければなりません』

葦耶姫は、何をそんなに思い詰めていたのだろう。

そうだ、と凜久は思った。

新幹線の中で聞いた葦耶姫の声は、なんと言っていたか――。

『琉黎様。今しばらくのご辛抱でございます。我が身に代えましても、必ずやわたくしがお救い申し上げます』

もしかしたら、琉黎の封印を解く鍵は葦耶姫だった――？

だが、五百年間、琉黎が封印されたままだったということは、葦耶姫は思いを遂げることなく亡くなってしまったのだろう。

それから長い時が流れ、葦耶姫の生まれ変わりである凜久が触れたことで、琉黎を岩室へ封じ込めていた巨岩は砕け散った。

でも、まだ凜久ではなく葦耶姫でなければ解けない封印が残されているとしたら――。

そう思った途端、凜久は胸の内側がきゅっと締めつけられたような気がしていた。

湧き上がった動揺を鎮めようと、凜久が深く息を吸った時、廊下の向こうから岩井が歩いてくる足音が聞こえた。

「待たせたね。戦国時代に寺が焼け落ちてしまうまでは、茅花御前が着ていたとされる小袖なんかも残っていたらしいんだけどね」

抱えてきた古文書や桐箱(きりばこ)を卓の上に置きながら、岩井は残念そうに言った。

「今、残っているのはこれだけなんだ」

岩井が持ち出した古い桐箱から出てきたのは、錦の袋だった。袋の中には、漆塗りの筒が入っていた。筒には、螺鈿(らでん)細工で龍の姿が描かれていた。

蛍光灯の光を受けて煌めく螺鈿の光沢が、琉黎の真珠色の鱗(うろこ)を思わせる。

岩井は筒の中から、一本の横笛を取り出し錦の袋の上にそっと置いた。

胸のざわめきを押し隠し、凜久はじっとその笛を見つめた。

桐箱や漆塗りの筒に既視感は感じなかったが、笛には確かに覚えがあった。

これは自分の笛だ、と思わず身を乗り出してから、胸の裡でそんなはずはないと否定し苦笑した。幼稚園時代に、ほんの短い間ピアノ教室に通ったことはあるものの、これまで和楽器に触れたことは一度もない。

　それなのに、目の前にある笛には、確かに見覚えがあった。それどころか、胸に迫る懐かしさで、今にも涙がこぼれてしまいそうな気さえする。

「箱や袋、筒は、江戸時代になってから仕立てられた物なんだ。でも、笛は茅花御前が最後まで肌身離さず持っていたとされている龍笛（りゅうてき）だよ」

「結雲（ゆううん）……」と、凜久は微かに呟いた。

　凜久の呟きに岩井は片眉をわずかに上げたが、そのまま笛の話を続けた。

「僕は木魚以外、楽器はからきしなんで、この笛を調べてくれた人の受け売りだけど。龍笛は、雅楽の楽器の中では特に広い、二オクターブの音域を持っているそうなんだ。低音から高音の間を縦横無尽に駆け抜ける音色が、天と地の間を行き交う龍の鳴き声を彷彿（ほうふつ）とさせる、というので龍笛というらしい」

「……龍の鳴き声……、ですか」

「うん。でも、その笛は鳴らないけどね」

「えっ……」と、凜久は岩井を見た。

　そんなはずはない、と反射的に思う。

「この笛、壊れてしまったんですか？」

「いや、壊れてはいないみたいなんだけど」

岩井は困ったように首を傾けた。

「昔から、どんな笛の名人が吹いても、なぜか絶対に音が出ないんだ。それで、無鳴丸(おとなしまる)と呼ばれている」

「……無鳴丸」

「これも伝承なんだけど」と前置きをして、岩井は卓の古文書を一冊取った。

「茅花御前の亡骸が運ばれてきた日は、前夜からすごい嵐だったと言っただろう」

「ええ……」

「激しい風雨の音に混じって、山の方から微かに笛の音が聞こえたという話があるんだ」

和紙でできた付箋(ふせん)が挟まれたページを、岩井は開いた。

「ここに、当時の村人から聞き取ったという話が書き残されている。それによると、夜が明けてすぐ、笛の音は何かを訴えるように、切々と響いてきたそうだ。こんな嵐の中で、いったい誰が笛など吹いているのだろうと訝(いぶか)しく思っていると、笛の音はふつりと途切れ、二度と聞こえてこなかった、とある」

「でも、笛の音って、そんなに遠くまで聞こえるものなんでしょうか……。しかも、嵐の中ですよね」

「山から吹き下ろす風に乗って里まで届いたか、はたまた人智を超えた特別な力が働いたのか。村人も何かの前触れではないかと怪しみ恐れた、とここに書いてある」

「……人智を超えた特別な力」

「笛を吹いていたのは、茅花御前かもしれない。そして、その笛の音を、誰かが誰かにどうしても聴かせたいと思って力を貸した……。まあ、これは僕の想像だけどね」

照れたように笑ってから、岩井は神妙な声で言葉を継いだ。

「そして多分、笛の音が途切れた時が、茅花御前の最期だったんだと思う」

ドキリとして、凜久は錦の袋の上に置かれた笛をじっと見つめた。

葦耶姫は、今際(いまわ)の際まで、この笛を吹き続けていたのだろうか。

「三年くらい前に、民俗学の先生が茅花御前の話を採集しに来たことがあって。その時に、ちょうどいい機会だと思って、この笛のことも専門家に調べてもらったんだ。レントゲン検査までしたんだけど、構造上はなんの問題もない。どうして音が出ないのか分からないと言われた。龍笛は竹でできているんだけど、茅葺き屋根の家の屋根裏で、長い年月、囲(い)炉裏(ろり)の煙で燻(いぶ)され続けた煤竹(すすだけ)が最もいい材料とされているそうなんだ。この笛は、削り込まれたところまで煤が染み込んだ飴色(あめいろ)を保っているから、少なくとも百五十年以上は燻されていた竹を使っているだろうとのことだった」

凜久は目を瞠った。

「百五十年もですか?」

「そう。僕も驚いたんだけどね。現代では、なかなか手に入らない高級材料ということらしい。笛の首の部分には、山桜の樹皮が巻いてあるんだけど、桜樺巻（かばまき）といって、これも高級品に使われる手法なんだそうだ。五百年前にこれを持っていたとすれば、茅花御前はかなりの名家の出身だったのに違いないと言われた。それで、その時に五百年前の笛の音色ってのがぜひとも聴いてみたくなって、構造上問題がないなら鳴るはずだと、プロの龍笛奏者に頼んで吹いてみてもらったんだ。でも、やっぱりどうしても鳴らなかった。龍笛奏者の人も、どうして音が出ないのか分からない。こんな笛は初めてだって言ってたな」

さも残念そうに、岩井は肩を竦めた。

「僕が調べている葦耶姫は、遠州の篠尾景胤という人の娘でした。篠尾氏は元々、室町幕府の相伴衆の出で公家とも親交があったそうで、葦耶姫も父の景胤とともに都へ上ったこともあったようです」

「なるほど……。そういう家の姫なら、笛の素養があってもおかしくないね」

嵐の夜、葦耶姫は何を思ってこの笛を吹いたのだろう。

笛には確かに覚えがあるのに、肝心の部分は深い霧に隠されたように見えてこない。吹き荒れる風にも負けず、麓（ふもと）の村にまで笛の音が届いたのは、葦耶姫が込めた一念だったのか、それとも琉黎の力だったのだろうか。

琉黎は、葦耶姫の笛の音を、今も覚えているだろうか——。

「……あの、ちょっと手に持ってみてもいいですか？」

笛に誘われるように訊いた凜久に、岩井は快くうなずいてくれた。

おずおずと笛を手にした途端、身体の奥深くから指先までピリッと電流が走った。

電流は指先から笛へ抜けて、笛の方からはひたひたと深い哀しみが押し寄せてきた。

『物』である笛から、哀しみが押し寄せてくるなんて変だと思うが、笛の中に封じ込められた何かが、凜久の心の奥に潜む哀しみをかき立てているのかもしれなかった。

笛を手にしたまま数瞬目を閉じ、深く息を吸い込むと、凜久は無意識に笛を口元へ当てた。そして、そっと静かに息を吹き込んだ。

すると——。

ピィーッと静寂を切り裂くように、甲高く澄み切った音色が響き渡った。

岩井がぎょっと目を見開いたまま、声もなく固まっている。

間違いなく龍笛など吹いた経験は一度もなく、構えすら知らないはずなのに——。

凜久の指は、まるで馴れ親しんだ楽器を操るように滑らかに動いた。

普通の笛よりも少し大きい龍笛の指孔を、指の腹ではなく、第一関節と第二関節の間でしっかりと押さえる。

お腹に力を入れて息を支え、重く鋭い響きを鳴らす。五百年の時を超えて、今まさに解き放たれた笛の音が、雲の峰を指して飛翔していくのが分かった。

何かに憑かれたかのように、凜久は一心に笛を吹き続けた。

ひとしきり吹き続け、ようやく夢から醒めるように我に返った。

「あ……、僕は……」

手にしていた笛を急いで錦の袋の上に置くと、凜久は惘然としている岩井を見た。

「……あ、あの……」

「驚いたな。見事な腕前だ。君が龍笛を吹けるなんて思わなかったよ」

凜久は慌てて首を振った。

「龍笛なんか吹いたのは、生まれて初めてです」

でもきっと、凜久の中の葦耶姫は、覚えていたのに違いない。だが、それをどのように説明したらいいのだろう。

凜久はちょっと、途方に暮れてしまった。

そんな凜久を、岩井は不審がるというよりも、半ば探るようにじっと見つめていた。

岩井のその真剣な眼差しに押され、凜久は覚悟を決めた。祖父の綾冶とも親しかったという岩井なら、荒唐無稽と一笑に付したりはしないかもしれない。

「あの……。信じてもらえるかどうか、分かりませんが……。どうも、僕は葦耶姫の生まれ変わりらしいんです」

「ということは、君が茅花御前?」

「あくまで前世の話で、今の僕は間違いなく男なんですけど……」

困ったように答えた凜久に、岩井は小さく笑った。

「確かにそうだね。でも、どうして分かったんだ」

「僕自身には、自覚も記憶もないんです。ただ、龍ヶ守神社の祓いで水晶ヶ池へ行った時に、強烈な既視感に襲われたんです。それから時々、意識の底からぽろっとこぼれ出てくるものがあるみたいで……」

さすがに琉黎のことは省いたが、凜久の説明に岩井は納得してくれたようだった。

「なるほど、それで調べ始めたのか。でも、それで分かった。さっき、僕がこの笛を出した時、君は見るなり『結雲』と言っただろう」

「ええ」

「この笛の本当の銘は、『結雲』というんだよ」

「それは本当ですか」

岩井は静かにうなずき、先ほどとは別の古文書を開いた。

「茅花御前の供養を頼んだ老人が、この笛は結雲といって、茅花御前が想い人から贈られとても大切にしていた笛だと話したそうだ。老人は、笛を茅花御前と一緒に葬ってやってほしいと頼んだらしい。でも、何か手違いがあったのか、それとも見事な笛を葬ってしまうのは惜しいと誰かが考えたのか、笛は葬られず寺に残された。ところが、さっきも言ったように誰が吹いても、どうしても音が出ない。いつの間にか結雲という風雅な銘は忘れ去られて、無鳴丸と呼ばれるようになってしまったんだよ」

目の前に置かれた笛を、凜久は改めて見つめた。

これは、琉黎から葦耶姫への贈り物だった――。

いつ、どこで、琉黎は葦耶姫にこの笛を贈ったのだろう。

思い出したいのに思い出せないもどかしさが、凜久の胸を締めつける。

ふと、琉黎にこの笛を見せたいと思っていた。

覚えているかと訊けば、必ず忘れるものか、という返事が返ってくるのに違いなかった。

そして、まるで昨日のことを語るように、生き生きと当時の様子を話してくれるだろう。

やっぱり、これほどまでに自分と琉黎では、時の進み方が違ってしまっているのだ。

ふたりの間には、越すに越せない忘却の河が黒々と横たわっている。

それでも、なんとかして思い出したい、と凜久は前よりもいっそう強く思うようになっていた。琉黎とともに歩んだ大切な思い出を、どうしてもこの手に取り戻したい。

岩井が、笛を漆塗りの筒に納め、錦の袋にしまうのを、凜久は黙って見ていた。

「これは君が持っていっていいよ」

桐箱に入れた笛を、岩井がスッと差し出した。

「えっ！　でも、この笛はこのお寺の宝ですよね」

「五百年、この笛は、誰が吹いても決して鳴らなかった。プロの龍笛奏者によれば、龍笛は横笛の中で音を出すのが一番難しいんだそうだ。それを、君は経験もないのに、見事に吹き鳴らしすばらしい音を響かせた。この笛は、きっと君が迎えに来てくれるのを待っていたんだと思う」

凜久は困惑して、岩井と笛を交互に見た。

欲しいと思う気持ちは、確かにある。もっと正直に言えば、この笛は自分の物だという感覚すら持っていた。

だからといって、軽々にありがとうございますと、受け取ってしまっていい物ではない、と自分を戒める気持ちが交錯していた。

「遠慮することないよ」と、岩井は重ねて言ってくれた。

「これは君の笛だ」

まるで、凜久の本音を見透かしたかのような言葉に、凜久は微かに息を呑んだ。

「本当に……、本当に僕がいただいてしまっていいんですか？」

「かまわないよ。その代わり、年に一度くらいでいいから、この笛の音を聴かせに、また訪ねてきてくれないか」

穏やかで優しい岩井の言葉が、凜久の胸に沁み入ってくる。

クッと込み上げてきた熱いものを堪えきれず、凜久は思わず涙をこぼした。

「ありがとうございます。この笛を持って、必ずまた来ます」

「うん。楽しみに待ってるよ」

にこにこと和らいだ笑みを絶やさず、岩井は優しい目で凜久を見ていた。

ありがたさで何も言えず、凜久はただ深々と頭を下げた。


茅花御前の話が一段落した後は、岩井と祖父綾治との思い出話に花が咲いてしまい、凜久が福寿寺を出たのは午後の陽が傾きかけてからだった。

車を走らせるうち、西の空は美しい夕焼けに染まっていった。その澄んだオレンジ色の絵の具を流した水彩画のような空が、見る間に濃い灰色の雲にまだらに浸食されていく。

夜を迎える支度を始めた空は、足早に深い青みを帯びたグラデーションに沈んでいった。

碧川に沿って車を走らせてきた凜久は、水晶ヶ池へ通じる橋のたもとで車を止めた。

なぜか分からないが、急に笛を吹きたい衝動に駆られたのである。

助手席に置いた鞄に入れてあった桐箱から、結雲を取り出すと凜久は車を降りた。

瑠多と来た時に見たよりも、川の水量はさらに少なくなってしまっているようだった。

岸辺には丈の高い夏草が生い茂り、かつては乱舞していたという蛍の姿はどこにもない。

みどり橋の中ほどに佇み、凜久は山に向かって静かに笛を構えた。

もしかしたら、福寿寺での出来事はまぐれで、もう鳴らないかもしれない――。

凜久が抱いた一抹の不安をかき消して、結雲は澄み切った音色を響かせた。

最初の一音が響くと、後は無我夢中だった。

瞬き始めた星の煌めきを目指し、鋭く甲高い音が飛翔していく。

ふくらみのある低音から、一気に艶(つや)やかに澄んだ高音まで駆け上がり、一転して地に突き刺さるかのように急降下する。

まさに、縦横自在に天地を行き来する龍の雄叫(おたけ)びを体現するように、凜久の中の何かが一心不乱に笛を吹かせ続けていた。

不意に、バサッと羽音が響いた。

その羽音で我に返り、閉じていた目を開けた凜久の前に琉黎が立っていた。

「姫！」

叫ぶなり、琉黎は凜久を苦しいほどに抱きしめた。

「思い出してくれたのか、ついに！」

耳元で響いた歓喜の声に、凜久は思わず唇を嚙んだ。

「……ごめん。まだ何も……」

最後まで言えずうなだれた凜久を、琉黎はもう一度強く抱きしめ、今度は慰めるように優しく背中を撫でてくれた。

「……そうか。早とちりをして悪かった」

落胆しているはずなのに、それをおくびにも出さず、琉黎は照れたように薄く苦笑した。

それがかえって、凜久の申しわけなさをかき立てる。

「ごめん……」

「謝らずともよい。人は忘却の河を渡って生まれてくるのであろう。思い出せないのは、凜久のせいではない」

ピクッと反応して、凜久は慌てて顔を上げた。

それから、「初めてだね」と、勢い込んで言った。

「えっ？」

「琉黎が、僕のことを姫じゃなくて凜久って呼んでくれたの」

「……そう…だったかな」

「うん、そうだよ」

もう一度、凜久と呼んでほしい、と思った胸の底から、自分でも思いがけないほどの慕わしさと喜びが込み上げていた。

「もうすぐ、約束の一ヶ月が経つけど、琉黎は本当にアチラ側へ戻ってしまうつもり？」

「封印が解けたのだから、父上に挨拶とお詫びを言上しに行かなければならない」

「でも、扉は閉じられると決まったんでしょう？　アチラ側へ戻ってしまったら、もうコチラ側へ来ることはできないんじゃないの？」

アチラ側とコチラ側に隔てられ、もう二度と会えなくなってしまうのではないか。

「そんなのは……」

嫌だと言いかけた時、頭の芯が鋭く痛んで、凜久は顔をしかめた。

「どうした？」

なんでもない、と首を振った凜久の口から、思ってもいない言葉が飛び出した。

「一刻も早く、涓青様とともに霆穹皇陛下のもとへお戻りください。今なら、まだ間に合います。わたくしのことは、どうかもうお忘れくださいい」

「姫……。葦耶姫だな。わたしが、姫を忘れられるはずがないではないか。姫は何も心配しなくともよい」

かき口説くように言う琉黎の声を、凜久は強烈な疎外感の中で聞いていた。

まるで、葦耶姫と琉黎の逢瀬を、隣で指を咥えて見ているような奇妙な感覚――。

「何があろうとも、わたしはずっと姫とともにある」

透き通るような笑みを浮かべた琉黎を、凜久は思わず突き放していた。

「……姫？」

「琉黎は、そんなに葦耶姫が好きなんだ」

不覚にも涙声になってしまって、凜久は口惜しさに唇を嚙んだ。

自分で自分に嫉妬するなんて、不毛極まりない。バカバカしいことだと分かっている。

それでも、言わずにはいられなかった。

「僕は凜久だ。葦耶姫なんかじゃない」

川面（かわも）を渡ってきた夜風が、琉黎の長い髪を乱している。

ふと、その姿に既視感を覚えたが、凜久は深く考えず首を振って振り払ってしまった。

琉黎が葦耶姫と過ごしてきた時間なんか知らない。そんなもの、一瞬たりとも、凜久は琉黎と共有していないのだ。

それなのに、琉黎は凜久を姫と呼ぶ。琉黎の中で、葦耶姫と凜久は一つなのだ。

でも、凜久の中で、葦耶姫は他人だった。いくら魂は同じだ、生まれ変わりだと言われても、一つにはなり得ない。

「もう嫌だ。琉黎なんか、さっさとあっち側へ帰っちゃえばいいんだよ！」

気がついたら、投げつけるようにそう叫んでいた。

「姫……」

「だから！　僕は姫じゃない！」

怒鳴った弾みに、ぽろりと涙がこぼれてしまった。

笛を握りしめたままの腕で慌てて頬を擦（こす）り、泣き顔を隠すように背を向けた。

こんなにも無防備に、感情が揺れ動き乱れてしまったところを、晒（さら）したくはなかった。

葦耶姫ではなく、凜久を見てほしい。いや、凜久だけを見てほしい。

そう強く願うあまりの醜態だなどとは、意地でも認めたくないし知られたくない。

深呼吸をして、凜久は湧き上がってしまった感情を無理やり抑え込んだ。

「頼むから、これ以上、僕の心を引っかき回さないでくれ。五百年も昔の恋なんか、僕は知らない！」

背後で、琉黎が微かに息を呑んだ気配がした。それでも——。

「もう、たくさんなんだよ」

胸の裡にどろりとわだかまる苛々を持てあまし、凜久は唇を噛んだ。

ややあって、「……分かった」と低い声が返ってきた。

「それが凜久の望みなら、そうしよう。わたしの勝手な想いで、凜久を傷つけてしまった。許してくれ。もう二度と相見(あいまみえ)ることはないだろう。これまでのこと、すべてに感謝する」

琉黎が離れる気配に、凜久は急いで振り返った。

「待って……！」

両腕を広げ、まさに飛び立とうとしていた琉黎の背中に飛びつく。

「なんで……。なんで、こんな時だけ素直なんだよ……。そんなにあっさり諦めるなよ！僕とのことは、その程度だったのかよ！」

背中から抱きしめた凜久の手に、琉黎の手がそっと重なり握られた。

「わたしが悪かった。身勝手にも自分の都合にばかり捕らわれて、凜久の気持ちを思いやる余裕を失っていた。すまなかった」

「自分の都合って、どういうこと？　何か僕に隠してることがあるんじゃないの？」

「そんなことはない」

即答されすぎて、かえって不自然さを感じる。

「琉黎……。こっちを向いて」

呼びかけに、琉黎はゆっくりと振り向いた。

このところ琉黎が見せるようになった、諦観の滲む透き通るような笑みを浮かべている。

凜久は微かに眉をひそめた。琉黎は本当に、アチラ側へ帰るつもりなのだ。

琉黎の手が顎に添えられると同時に、凜久は静かに目を閉じた。

いつの間にかすっかり馴染んだ、しっとりやわらかだが、ひんやりしている琉黎の唇が重なってくる。

琉黎は強張りの残る凜久の心を解きほぐすように、舌は入れず、啄むような口づけを繰り返した。何度も軽く吸われているうちに、凜久の唇はごく自然に開いていった。

ゆっくりと感触を確かめるように、琉黎の舌が入り込んできた。

おずおずと応える凜久の舌に絡みつき、やわらかく吸う。

少しずつ深まる口づけに、聞こえているはずの川のせせらぎが遠のいていった。

「ありがとう」と、耳元で囁きがした。

「このひと月は、とても楽しかった。姫が幸せでいてくれて、心から安堵した」

また姫だ、と苛立つと同時に、自分は今、何よりも大切なものを失いかけているのだ、という強い自覚があった。

凜久は思わず、琉黎に縋りついた。

「葦耶姫が死んで、もう五百年も経ってるんだよ。葦耶姫のことなんか、もう忘れてよ」

そうだ、どうして気がつかなかったんだろう。

凜久が思い出せないなら、琉黎が忘れればいいのだ。しっかりと目を見開き、凜久は真っ直ぐに琉黎の双眸を見つめた。

もう、片意地張っている場合ではなかった。

「葦耶姫のことなんか忘れて、今ここにいる僕を見て。僕と一緒に生きることを考えて」

言い切った瞬間、琉黎の表情がふっと和らいだ。愛しげに細められた目の奥を、一瞬、痛みを含んだ哀しげな光が過ぎる。

風に乱れた凜久の髪を優しく撫でつけながら、琉黎はあやすように答えた。

「そうだな。でも、それはできない」

「どうして……」

落胆のあまり、見開いたままだった凜久の目から、堪える間もなく涙が溢れこぼれ落ちていた。いったいいつの間に、こんな酷い男に心を奪われてしまったのだろう。

哀しいよりも口惜しくて、心がちぎれてしまいそうなほど切なくてたまらない。

うなだれるように折った首を、凜久は力なく振った。

「琉黎はそんなに葦耶姫が好きなんだ……。男でも女でも関係ないなんて、調子のいいこと言って……。結局、僕は葦耶姫にはかなわないんだ。僕は霊力の補充に都合よく使える、スマホの充電器程度の存在でしかなかったんだ」

「そんなことはない！」

「いいよ、もう……。琉黎の言うことなんか真に受けた、僕がバカだったんだ」

握りしめていた笛を、凜久は琉黎の胸元へ突きつけた。

「これ、返す。琉黎から葦耶姫への、贈り物だったんだろ」

「それは、凜久が持っていてくれ」

「いらないよ！」

笛を握った拳で、琉黎の胸をドンと叩く。

「どうして、そんな残酷なことが平気で言えるんだ。ひどい……、ひどいよ……」

唇をふるわせる凜久を、琉黎は強引に胸に抱き込んだ。

「放して……、放せよ！」

「……五百年前、父上はどうしてもわたしと姫の婚姻を許してはくれなかった。わたしは廃嫡され、永久の封印を言い渡された……」

琉黎の腕から逃れようともがいていた凜久は、琉黎の言った『永久の封印』という言葉に反応し動きを止めた。

「永久の封印って……。琉黎の封印が解けたのは、時が満ちたからじゃなかったの？　封印が未来永劫だとしたら、時が満ちることは決してない。そうだよね？」

「父上は言った。もし、お前たちの愛が真実だというなら、来世、再来世となっても変わらぬはず。人の生涯は短い。いずれ、輪廻の輪に取り込まれるであろう姫の魂と、お前が再び巡り逢うことができたなら、その時封印は自ずと解けるようにしておいてやろう、と……」

では、もし凜久が祓いの仕事を引き受けて水晶ヶ池へ行かなければ、琉黎は今も暗い岩室の中に封じ込められたままだったのか――。

五百年の間に、葦耶姫の魂は何度生まれ変わりを繰り返したのだろう、と凜久は思った。転生した葦耶姫は、当然ながら琉黎と愛し合ったことなど覚えてはいなかっただろう。人として短い生涯を過ごし、再び、輪廻の渦に引き込まれていったのに違いない。

その間、琉黎はただひたすらに、葦耶姫の魂を持って生まれた人間が、岩室へ会いに来てくれるのを待ち続けていたのか。

気が遠くなるほどの長い時間をあてもなく、でも約束の時は必ず来ると信じて――。

目眩がしそうだ、と凜久は思った。

「わたしが封印されたと聞き、姫は遙々遠州からここまで駆けつけて来てくれた。自分が岩室へ行きさえすれば、すぐにもわたしの封印が解けると思い込んだのだ。荒れ狂う暴風雨の中を無謀にも、たったひとりで山へ入ったと知り、わたしは必死に声をあげ父上に懇願した。姫に罪はない。どうか姫が人としての生涯を全うできるよう、お救いくださいと……。父上はわたしの願いを聞き入れ、涓青を差し向けてくれた。でも、間に合わなかった。聞こえてくる笛の音が次第に力を失い、ついに途切れた時、姫の命の火は儚く消えてしまった……」

その時の衝撃が蘇ったように、琉黎は歯を食い縛り天を仰いだ。

「わたしのせいだ、と思った。わたしが姫と拘わったばかりに、その運命を変え、あまつさえ命を縮めてしまった。悔やんでも悔やみきれず、わたしは暗闇でのたうち回った。岩肌に擦れ、生爪を剥ぐように鱗が剝がれ血塗れになってもやめることができなかった」

「……琉黎」

胸が痛くて聞いていられなくなり、凜久はもういいと言うように思わず首を振った。

でもこれで、葦耶姫の亡骸を福寿寺へ運んでくれたのは涓青だったとはっきりした。

だがそれでは、誰が葦耶姫を遠州からここまで連れてきたのか――。

ふと考え込んだ凜久の傍らで、琉黎がハッと身を強張らせた。

何か来る――！

ほぼ同時に、凜久もまた不穏な気配を察知し身構えていた。

「わたしから離れるな」

口早に言った琉黎が結界を張った直後、雷鳴が轟き、ザーッと音を立てて地に突き刺さるような激しい雨が降り始めた。

ぎょっとして見上げた空は、墨を流したように黒く塗り潰されていた。

その黒い空を切り裂いて稲妻が走る。稲妻は、まるで光の剣のように琉黎の張った結界めがけて襲いかかってくる。衝撃が結界の中にまで響いてくるのは、相手の力が強いのか、それとも琉黎の霊力が充分でないせいなのか。

青白い稲光に照らされ、黒ずくめの集団が琉黎めがけて一斉に急降下してくる様子が浮かび上がった。

蛟だ、と凜久は思った。数え切れないほどの蛟の大群が襲撃してきたのである。

パシッと何かが弾けるような音がして、結界に亀裂が走った。

「まずいな……」と、琉黎が舌打ちするように呟いた。

自分だけ結界の外へ出ようとした琉黎を、凜久は迷うことなく引き留めた。

「待って。僕も闘う」

持っていた笛をチノパンに差し込みながら、決意を込めて言う。

「駄目だ」

「どうして！」

「そんな危険なことをさせられるか」

バシッ、ビシッと、絶え間なく音は響き続けていた。

「ごちゃごちゃ言ってる暇、ないみたいだよ」

胸元で印を結び戦闘態勢を取りながら、凛久は決然と言った。

「祓魔師を舐めるな！　鎮撫制圧、撃退！」

高らかに凛久が祓詞を唱えるのとほぼ同時に、琉黎の結界は消滅していた。

「諸々の禍事、罪、穢有らむをば、祓いたまえ、浄めたまえ、琉黎を害さんとする禍々しき蛟の者たちよ、疾く去れ！」

吹きつける強風に向かって仁王立ちし、凛久は襲撃者たちを祓おうとした。

傍らでは、下半身だけ龍体化した琉黎が、凛久を庇いながら闘っている。

その両手には、稲妻を摑み取ったかのような鋭い太刀が握られていた。

琉黎が太刀を振るうと天地を裂くように稲妻が走り、群がっていた蛟が霧散して消えていく。これが天龍の力か、と凛久は舌を巻いた。

だが、蛟は無尽蔵に湧いてくる。きりがなかった。

蛟たちにとって、天龍は自分たちを守護してくれる大切な存在であるはず。

まして、廃嫡されたとはいえ、琉黎は天龍の皇子である。

それが、畏れを抱くこともなく、まっしぐらに襲いかかってくるとはどうしたことだ。

彼らだけの意図で、この暴挙に及んでいるとは考えにくい。

だが、いくらなんでも、琉黎の父である霆穹皇が差し向けたわけではないだろう。

それでは、彼らはいったい、誰の指図で動いているのか――。

『凛久！　どこだ⁉』

突然、凛久の思考に楔を打ち込むように、異変を察知したらしい瑠多の声が頭の中に直接響いてきた。

「みどり橋！」

『すぐに行く！』

瑠多の返事をかき消さんばかりに、地をふるわせる落雷の大音響が響いた。

「祓いたまえ、浄めたまえ！　鎮撫清浄！　本性回帰……」

もしかしたら、蛟は何者かに操られているのではないかと考えた凛久が、祓詞を口にした途端、印を結んだ両腕に鋭い爪を持った真っ黒い手が絡みついてきた。

そのまま強い力で引きずられ、身体が浮き上がる。

「うわーっ！」

「凛久っ！」

悲鳴をあげた凜久と琉黎の間に、無数の黒い蛇体が割り込む。

「嫌だ！　放せ！」

もがけばもがくほど、爪は深く食い込んできた。激痛に、歯を食い縛る。

凄まじい勢いで自分が移動し始めたのが分かったが、もうどうすることもできなかった。

気がつくと、周囲は塗り込めたような闇に包まれていた。

おそらく、結界の中に閉じ込められてしまったのだろう。琉黎はどうしただろうか。

「琉黎っ！　りゅーれぃーー！」

闇の中で、凜久は声の限りに叫び続けていた。


上下左右すら分からない無音の暗闇で、凜久は闇に呑まれまいと必死にもがいていた。

手を頭の上へ伸ばすと確かに天井らしきものに触れるのに、足の下には床や地面がある感触がない。そんなはずはないと思って、足先で探るのだが触れるものは何もない。

しゃがみ込み足元に手をやろうとすると、今度は身体がぐるりと回転してしまい、自分がどちらを向いていたのかすら分からなくなってしまう。

「誰かーーっ！　誰かいないかーーっ！」

喉がひりつくほど大声で叫んでみても、闇は凜久の声も吸い込み消してしまうのか、自分の声すら聞こえなかった。

視界も利かず音もなく、自分がどんな状態に置かれているのか、何一つ状況が摑めない。おそらく結界の中に閉じ込められたのだろうとは思うものの、不安と怖れが破裂しそうなほど膨らんでいた。

落ち着け、落ち着くんだ……、と、凜久は必死に自分に言い聞かせた。

ふと、先ほど手を伸ばした時より、天井が低くなった気がした。まさかと思いながら、両手を広げると、ついさっきまでは腕が真っ直ぐ伸びたのに今は肘が曲がってしまう。

えっ――！

もう一度、恐る恐る天井を探ると、それはもう頭のすぐ上にあった。

間違いない。結界は凜久を閉じ込めたまま、徐々に縮小している。

このままでは、収斂する結界の中で圧殺されてしまう。

ドクンと、恐怖に心臓が大きく跳ねた。でも、その鼓動だけが、自分がまだ確かに生きている証拠のようにも思える。

結界は確実に収縮し続け、すでに立っていられなくなりつつあった。

「そうだ……」

思いついて、凜久は手探りでチノパンのポケットからスマホを取り出した。幸い、スマホは普通に動いたので、モバイルライトを点灯させてみた。

でも、眩く光る白い光は、狭苦しいはずの闇に吸い込まれてしまい、辛うじてスマホを持つ自分の手が見えただけだった。

当然と言うべきなのか、ネットにも繋がっていないし、電話もかからなかった。それでも、何もなかった闇に小さくとも灯りがあるだけで、ほんの少し恐怖が和らぐように思う。

琉黎はどうしただろう、と凜久は膝を抱えて案じた。

もう二日も、琉黎は霊力の補充をしていない。

凜久が留守にしていた間、霊力の消耗を避けるためなのか、琉黎はずっと半睡状態だったと瑠多が言っていた。それでも、まったく霊力を使わずにいるのは不可能だっただろう。

このままた、琉黎に会えないまま、引き裂かれてしまうのだろうか。

嫌だ、それだけは嫌だ。五百年の時を超えて、ようやく巡り逢えたというのに――。

琉黎を絶対に失いたくない！

募る焦燥に押し潰されまいと、凜久が深く息を吸い込んだ時、突然、凜久を押し潰そうとしている闇が小刻みに振動するのを感じた。

ぎょっと身を強張らせ様子を窺っていると、振動はドン、ドンという波動に変わった。

誰かが、結界を破ろうとしている⁉

琉黎が来てくれたのかもしれない。でもそれなら、どうして呼びかけがないのか――。

不意に、周囲を覆い尽くしていた闇に、カミソリで切ったような光の筋が一筋入った。

でも、そこから先に、なかなか進めないらしい。おそらく、縮小したせいで、結界は硬く分厚くなっているのだろう。

いったい、誰が結界を破ろうとしているのか。琉黎なのか、それとも――。

鬼が出るか蛇が出るか、それは分からない。でも、これを逃したら脱出のチャンスはおそらくない。座して死を待つくらいなら――。

即座にそう腹を括り、凜久は胸の前で印を結んだ。

精神を集中し、結界を破ろうと響いてくる波動と同期するように祓詞を唱える。

やがて、丹田から真っ直ぐに吹き上げた力が、頭の中で燦爛たる白光となって弾けた。

バシッと極太のゴムベルトがちぎれるような凄まじい衝撃が走った次の瞬間、凜久を包み込んでいた闇は霧散していた。

眩しさに、思わず閉じた目をそろそろと開け、凜久は流れ込んできた新鮮な空気を胸いっぱいに吸い込んだ。

『凜久っ！　無事か⁉』

濡れそぼった瑠多が、猫魈の姿で走り込んできた。

改めて見回すと、凜久が閉じ込められていたのは、琉黎が封印されていた水晶ヶ池の岩室の中だった。

岩室の外は、叩きつけるような豪雨だった。日が暮れて、一日の作業が終わった後なのか、雨の中、所在なさげに重機が放置されているだけで人影は見えなかった。

「ありがとう、瑠多。僕は大丈夫。……琉黎は!?」

瑠多は黙って、空の方へ顎をしゃくった。

空は不気味なほど分厚い黒雲に覆われていた。

その雲の中で、いくつもの稲光が光っている。

あの中で、琉黎はまだ闘っているのか——。

「どうしてここが分かったの?」

「彼が教えてくれた」

人型に戻った瑠多の陰から出てきたのは、蘇芳だった。

「蘇芳。何があったのか教えてくれないか。もしかして蛟たちは、誰かに操られているんじゃないの?」

哀しげな顔をして、蘇芳は小さくうなずいた。

「仰る通りです。蛟を操っているのは……、透輝様なのです」

「どうして、そんな……」

絶句した凜久に、蘇芳は「分かりません」と力なく首を振っている。

「昼間、どこからか笛の音が聞こえてきてから、透輝様はおかしくなってしまわれたのです。ひどく思い詰めたご様子で、もうお終(しま)いだと仰って……。涓青様のお許しも得ずにアチラ側へ戻ってしまわれたかと思ったら、突然、蛟の大群を率いて戻られたのです」

あの無尽蔵に湧いてくるかとも思えた蛟の大群は、アチラ側から来た者たちだったのか。

「どうか、蛟の者たちをお許しください。あれらは、透輝様に支配されているのです」

今にも泣き出しそうな顔で懇願する蘇芳に、凜久は宥めるようにうなずいた。

「それで琉黎は？　今も、あの雲の中に？」

「はい。先ほど、涓青様もご加勢に駆けつけていかれましたが……」

ほろり、と、とうとう蘇芳の頬を涙が伝わった。

「このところ涓青様は、お身体の調子があまりよくないのです。それなのに、琉黎様の危機を見過ごしにはできないと、無理を押してご出陣……」

蘇芳の言葉が終わらないうちに、ドーンと凄まじい地響きを立てて何かが墜落してきた。

「うわっ……」

思わずしゃがみ込んでから、凜久は恐る恐る岩室の外へ出てみた。

真珠色に輝く白い龍が、激しい雨に打たれ長々と力なく伸びている。

まさか、琉黎――⁉

立ち竦んだ凜久の後ろから、蘇芳の悲鳴が響いた。

「涓青様っ！」と叫ぶなり、取り縋っている。

烈しく消耗した涓青はあちこち鱗が剥がれ落ち、そこから真っ赤な血が流れ出ていた。

「大丈夫ですか？　瑠多、涓青さんを岩室の中へ！」

三人がかりで、とりあえず雨の当たらない岩室の中へ涓青を運ぶ。

「しっかりしてください」

「涓青様、どうかお気を確かに……」

蘇芳と代わる代わる声をかけると、ぐったりしていた涓青の目が開いた。

ほぼ同時に、龍は昨夜凜久の前に現れた老人の姿に戻った。

「蘇芳か。葦耶姫様はいかがされた」

「ご無事でございます。瑠多様が、お力をお貸しくださいました」

「そうか……」

ホッとしたように、涓青は薄く微笑んだ。

「此度(こたび)は、間に合うたようじゃの……」

ゲホッと咳(せ)き込んだ涓青の唇の端から、血が一筋流れ落ちる。

「……涓青様」

「案ずるな。わたしは大丈夫だ」

轟く雷鳴を内包する真っ黒な雲を、凜久は岩室の入り口から睨むように見上げた。

あそこで、琉黎がたったひとりで闘っているというのに、翼を持たない自分はここから指を咥えて見ているしかないのだろうか。

あまりの歯痒さに、居ても立ってもいられない焦燥感に胸を焼かれる。

そうだ――!

ふと閃(ひらめ)いて、凜久は涓青を介抱している蘇芳を振り返った。

「蘇芳。お願いがあるんだ。僕に力を貸してくれないか」

「わたしにできることでしたら、なんなりと……」

「僕を、あそこまで運んでほしいんだ」

空を指さした凜久を見て、蘇芳はぎょっと目を見開いた。隣で、瑠多も息を呑んでいる。

「バカを言うな。そんな無茶なこと、凜久にさせられるか!」

「無茶でもなんでも、僕は行かなくちゃならない。蘇芳も一緒に危ない目に遭わせてしまうことになるから、申しわけないんだけど。どうか、僕に力を貸してほしい」

決意を込めた凜久の目を、蘇芳はじっと見つめ返してきた。

「本気で仰っているのですね」

「もちろん」と、凜久は即答した。

蘇芳が許しを請うように涓青を見ると、涓青は黙って小さくうなずき返した。

「……分かりました」

「凜久!」

「瑠多、ごめん。琉黎をひとりぼっちで闘わせておくなんて、僕にはできないよ」

「……凛久……」

諦めたように首を振り、瑠多は深いため息をついた。

「絶対に、琉黎と一緒に戻ってこいよ」

「うん。ありがとう」

「凛久様。それでは参りましょう。どうぞ、わたしの上へお乗りください」

見る間に、蘇芳は真っ黒い蛇体へと変化した。

その上へ跨がろうとした凛久を、涓青が呼び止めた。

「……姫」

「涓青さん……。誰がなんと言おうと、僕は行きます」

滲むような笑みを浮かべ、涓青は凛久を見た。

「ちっとも、お変わりになりませぬな……。一途で健気で、凛として勇ましく、そしてとてつもなく無鉄砲だ……」

もがくように半身を起こそうとした涓青に、瑠多が手を貸し支えた。

「我ら神霊がコチラ側で存在するためには、依り代が必要です。琉黎殿下と添い遂げるご覚悟がおありと仰せなら、天龍の皇子に相応しい依り代を見つけることです」

それだけ言うと、涓青は力尽きたかのように目を閉じてしまった。

「凛久、後は任せろ」

　小さくうなずいて、凜久は改めて蘇芳の肩の辺りに跨がった。

　凜久が落ちないようにということなのだろう。蘇芳は、前肢で凜久の足を抱えるようにしてくれた。形を変えた、肩車のような感じである。

「瑠多。行ってくる！」

　昂然と顔を上げた凜久の声と同時に、凜久を乗せた蘇芳は篠突く雨を突いて、泳ぐように雷鳴轟く雲の中へと突っ込んでいった。


　赤黒くおどろおどろしい雷光を孕んだ雲の中は、激しい風雨が吹き荒れていた。

　蘇芳が結界を張ってくれたが防ぎきれず、吹きつける風に息をするのも苦しい。

『凜久様、大丈夫ですか？』

「……ありがとう。大丈夫だから、このまま進んで」

　なんとか返事をすると、蘇芳は力を振り絞るように速度を上げてくれた。

　前方に、真っ黒い蛟の集団が見えてきた。

　その中で、真珠色の龍が神々しい光を放っている。

　数え切れないほど多くの蛟は、まるで意思を持った一つの生き物のように、自在に隊形を変えては琉黎に襲いかかっていた。

琉黎は金色に煌めく稲妻を操り、襲いかかる蛟たちを片っ端から蹴散らしている。

でも、あまりに数が多くてきりがない。まさに、多勢に無勢である。

「琉黎！」

凛久の叫びは、荒れ狂う風雨にちぎれて届かないようだった。

「蘇芳、急いで！　もっと、琉黎の近くへ……」

胸元で印を結びながら、凛久は切迫感に耐えかねるように言った。

凛久の存在に気づいた一部の蛟が、本隊を離れ凛久を攻撃してきた。

それを、蘇芳が必死に避け凌ぎながら、じりじりと琉黎のもとへと近づいていく。

凛久を乗せているせいで反撃しづらいというのもあるのだろうが、やはり同族とは闘いたくないというのが本音なのだろうと思う。

それに対し向かってくる蛟たちは、完全に透輝に支配されているようで容赦がない。

「祓いたまえ、浄めたまえ。鎮撫清浄、本性回帰」

なんとか操られている蛟に正気を取り戻してもらいたくて、凛久は必死に祓詞を唱えた。

「本地復元、幻滅環帰……」

すると、蘇芳を取り巻いていた蛟たちの連携がわずかに乱れた。すべてではないが、正気を取り戻しかけた者たちがいて、そのせいで隊形が崩れ動きも鈍ったのである。

その隙を突いて、蘇芳は琉黎のもとへ急いだ。

琉黎を取り巻いた蛟は、真っ黒い霧のようなものを吹き出し、琉黎に浴びせていた。そのタール状の霧が琉黎の翼や尾にまとわりつき、動きを封じようとしているように見える。

『あれには、毒があるのです』

蘇芳が哀しげに言った。

見ると、琉黎がもがくように身体をくねらせている。

苦し紛れに振り回された尾で、危うく蘇芳と凜久まで吹き飛ばされるところだった。

『皮膚から染み込み、神経を麻痺（まひ）させる働きが……。でも、琉黎様の動きを封じられるほど、強いものではないはずなのですが……』

やはり、霊力が不足しているのだろうか――。

「蘇芳、もっと琉黎の傍（そば）へ行けないか」

『無理です。今の琉黎様に迂闊（うかつ）に近づくのは危険です』

なんとかしなくてはと思うものの、蛟の毒の前では凜久はあまりに無力だった。

だがここまで来て、このまま琉黎の苦しみを、ただ見ているだけだなんて耐えられない。

傍へ行けなくても、何か自分にできることはないだろうか――。

せめて、自分がここまで来ていることを琉黎に知らせたい。

もう一度印を結ぼうとした凜久の手が、チノパンに挟んだままだった笛に触れた。

そうだ――！

笛を手に取ると、凜久はスッと背筋を伸ばし思いきり息を吹き込んだ。

ピィーッと、緊張感を孕んだ重く鋭い音色が、魔を切り裂くように響き渡った。

音色が、天地を自在に行き来する龍の鳴き声に似ている、と言われる龍笛を、凜久は懸命に吹き鳴らした。

『琉黎様。わたくしはここです。ここにおります。わたくしが、必ずお助けいたします』

一心に笛を吹く凜久の頭の中で、葦耶姫の悲痛な声が響いた。

五百年の時を超えて、葦耶姫の祈りと凜久の願いが一つになった時、突然、遙かな記憶が走馬燈（そうまとう）のように一気に押し寄せ蘇ってきた。

深夜遅く、館へ忍んできた透輝に、葦耶姫は琉黎が封印されたことを知らされた。

そして——。

『葦耶姫様。姫様が岩室へおいでになるのが、唯一、殿下の封印を解く方法なのです』

『わたくしが行くだけで、本当に琉黎様の封印は解けるのですか？』

『霆穹皇陛下は、想い合うおふたりの気持ちが真に誠であるなら、封印は自ずと解けるようにしておこうと仰せになりました。封印を解くには、姫様が岩室を塞いだ巨岩に直接、お手を触れ真心を捧げる必要があるのです』

『分かりました。それでは、どうかお連れください。わたくしを、今すぐ、琉黎様のもとへお連れくださいい』

ためらうことなく決断した、葦耶姫の凜とした声が聞こえる。

そうだ、と凜久は思った。

あの時自分は、琉黎からもらったこの笛だけを持って、館を後にしたのだ。そして、透輝に抱えられて夜の空を渡り、明け方近くに水晶ヶ池がある山の麓に辿り着いた。

あの日は、ひどい嵐だった。

『ここから先は、わたしはお供できません。姫様おひとりでいらっしゃらなければ、封印は解けないのです』

『分かりました』

吹き荒れる嵐の中、まだ真っ暗な山道に怯(ひる)むこともなく、葦耶姫は敢然と答えた。

怖いと思う気持ちが、ないわけではなかった。唇が戦慄き、足も竦んでいる。

それでも、一刻も早く封印を解いて琉黎を救わなければと思う使命感の方が勝っていた。

『……この道を、真っ直ぐに登っていけばよいのですね』

『そうです。どうぞ、この灯りをお持ちください。これは霆穹皇陛下のお住まいである宮からいただいてきた龍燈(りゅうとう)で、どのような風が吹こうとも決して消えることはありません』

『なんと心強い。ありがとうございます。では、行って参ります』

ああ、そうだった——。

透輝に渡された龍燈の灯りだけを頼りに、吹き荒(すさ)ぶ嵐の中、自分は勇気を振り絞り、岩室を目指して山を登り始めたのだった。

でも、道は険しく、何度も躓き転んでしまった。そのたびに、泥塗れになって起き上がり、最後は這うようにして必死に登り続けたが、叩きつける風雨に晒され、身体は冷え切ってしまった。

ようやく夜は明けたものの、琉黎が封印されている岩室まではまだ遠く、嵐が収まる気配もなかった。

疲労困憊して、少しだけ、ほんの少しだけ休もうと岩陰に這い込み蹲ると、もうそれきり動くこともできなくなってしまった。

せっかく、ここまで来たけれど、もう一歩も前へは進めない――。

自分の命の危機よりも、琉黎の封印を解けない無念さに涙が溢れこぼれ落ちる。

せめて、自分がここまで来ていることを、琉黎に知らせたい。

あの時もそう一途に願って、薄れゆく意識を奮い立たせ懸命に笛を吹いたのだ――。

甲高い笛の音に誘われ、五百年前を彷徨っていた意識がゆっくりと現在へ戻ってきた。

閉じていた目を静かに開けると、凜久は想いを込め真っ直ぐに琉黎を見つめた。

琉黎、僕はここにいるよ。この笛に、僕の持つ祓いの力をすべて注ぎ込むから――。

五百年前はか弱く無力な姫だったが、今の自分なら琉黎の助けとなれるはずだ。

そう確信して、凜久はさらに笛を吹き鳴らした。

凜久の祈りを乗せて、澄み切った笛の音が響き渡る。

すると、蛟の毒を浴びせられ黒ずんでいた琉黎の鱗が、煌めきを取り戻すのが分かった。

同時に四方から降り注いだ無数の稲妻が、まるで意志を持った生き物のように蛟を蹴散らしていく。

できることなら、なるべく蛟たちを傷つけたくない、と凜久は思った。

正気を取り戻して、自らアチラ側へ帰っていけるように導くことができれば——。

凜久の思いは、蘇芳にも伝わったようだった。

一心に笛を吹き続ける凜久を乗せて、蘇芳は勇敢にも群れを成している蛟のまっただ中へ切り込むように飛んでくれた。

突如現れた人間に、蛟たちは混乱しているようだった。しかも、人間を乗せているのは、自分たちと同族の蛟である。

かまわず攻撃しようとする者に混じって、明らかに動揺し攻撃をためらう者も出ているようだった。

あともう一息だ——。

祓いたまえ、浄めたまえ。鎮撫清浄、本地復元、幻滅環帰。

凜久の祈りを乗せた笛の音が、慰撫するように蛟たちを包み込み、覚醒を促していく。

すると、中でも一際大きく逞しいリーダー格と思しき蛟が、不意に戦線を離脱して泳ぐように退き始めた。

それを見た他の蛟たちも、次々にその大きな蛟の後を追い、まるで黒い引き潮のように退いていく。

あっという間に、あれほど大勢いた蛟の姿はすべて消えていた。

後に残されたのは、黒い翼を広げた一頭の龍だった。

『透輝様……』

蘇芳の呟きに、凛久は惘然と目を見開いた。

自分が、透輝に憎まれているらしいことは感じていた。だから、自分が襲撃されるのはまだ分かるが、どうして琉黎にまで襲いかかるのか。透輝は、何がしたいのだろう。

透輝は赤黒く濁った、憎しみに燃える目で凛久を睨んだ。

その、憎悪の視線から庇うように、琉黎が透輝と凛久の間に割り込んだ。

上半身だけ人型に戻すと、琉黎は静かな口調で諭すように呼びかけた。

「もうよさないか。このようなことをしても、なんにもならぬと、お前だって分かっているはずであろう。今ならまだ間に合う。涓青とともに、おとなしくアチラ側へ帰るのだ」

宥め賺す琉黎の声を拒絶するように透輝が首を振ると、上空から鋭い刃となった無数の稲妻が琉黎めがけて一直線に降り注いできた。

その中の一本の稲妻を素早く摑み取ると、琉黎はそれを太刀として使い、降り注ぐ稲妻

を苦もなく払いのけている。

だが、残念ながら数が多く、すべては払いきれない。

「よせ！　透輝、目を覚ませ！」

払い損ねた稲妻が、琉黎の頬を掠めた。真っ赤な血が、まるで涙のように琉黎の頬を伝って流れていく。

琉黎の血の涙を見ても、透輝に正気は戻ってこなかった。

バサッと翼を一振りさせ、透輝が旋風（つむじかぜ）を呼び起こした。渦を巻く風は回転する鋭利な刃となって、琉黎に襲いかかった。

稲妻の太刀を一閃させて旋風を消し去ると、琉黎は覚悟を決めたように透輝と対峙（たいじ）した。

吹き荒れる強風に、琉黎の長い髪がたなびいている。

「蘇芳」と琉黎が呼んだ。

『はい。お側に！』

「凜久を頼んだぞ」

『畏まりました。命に代えましても、必ずお護りいたします』

蘇芳の健気な返事に満足そうにうなずいた琉黎めがけて、どこからか拳大の氷塊が唸（うな）りをあげて多数飛んできた。

琉黎は瞬時に龍体となって結界を張ったようだったが、氷塊の速度があまりに速すぎたせいなのか、いくつかは避けきれず鱗を直撃した。

真珠色の鱗が煌めきを放ちながら無惨に剝がれ落ち、代わりに吹き出した血潮が琉黎の身体を赤く染めていく。

蘇芳が張ってくれた結界にも氷塊は容赦なく撃ち込まれ、まるで機関銃で撃たれているような嫌な連続音が響いた。

『少し離れます』

言いながら速度を上げ琉黎から離れようとした蘇芳を、凜久は慌てて止めた。

「待ってくれ！」

『凜久様？』

「蘇芳ごめん。結界はあとどれくらい持つ？」

『通常より厚く張っているのですが、わたしの力では長くは持ちません。人間の時間で言うと、五分くらいが限界かと……』

琉黎の結界は蘇芳より強靭なはずだが、霊力が落ちていることも勘案すると、多分、同じくらいしか持たないのではないかと凜久は思った。

「それじゃ、五分でいいから頑張ってくれないか」

『分かりました』

踏み留まってくれた蘇芳に「ありがとう」と礼を言うと、凜久は笛を構えた。

祓いたまえ、浄めたまえ。禍々しき者よ、琉黎に仇なす者よ、疾く去れ！

強い念を込め、凛久が笛を吹く。

凛久の吹く笛に導かれるように、琉黎は降り注ぐ氷塊の弾雨をものともせず、天高く飛翔し始めていた。

それを追って、凛久を乗せた蘇芳が遅れまいと懸命に飛ぶ。

笛の音が真珠色に輝く龍に寄り添うように、包み込むように鳴り渡る。

自分の吹く笛の音と琉黎が、完全に一体となっている確かな手応えがあった。

直接触れ合わなくても、今の凛久ならこの笛の音を通じて琉黎に霊力を送れるに違いない。凛久の期待を証明するように、琉黎の動きは見違えるようによくなっていた。

それに力を得て、凛久はさらに想いを込めて笛を吹き鳴らした。

地を這うような低音から、一気に息の流れを早くして天に駆け上るような高音へ——。

魔を切り裂かんばかりの鋭く甲高い笛の音が、一際華麗に響き渡った時、突然、琉黎の真珠色の龍体が眩いばかりの白光に包まれていた。

その燦爛たる光の渦のあまりの眩しさに、凛久が思わず目を閉じた時、透輝の断末魔のような叫び声が聞こえた。

自宅マンションのテラスから、凜久は見馴れた夜景を眺めていた。

吹き抜ける風が運んでくる都会の喧噪も、いつもと少しも変わらない。

水晶ヶ池で透輝率いる蛟の大群と命がけで闘ったのは、昨夜から早朝にかけてのことだった。ひどく遠いことのように感じるのに、あれからまだ一日経っていないのだと思うと、とても信じられない気持ちがする。

息絶えようとする透輝を抱きしめ、琉黎は泣いていた。

『幼き頃よりずっと、実の弟のように愛しく思ってきたのに……』

琉黎の嘆きに、透輝は涙を一筋こぼし、微かに首を振った。

『……わた……しは、殿下……を……お慕い……。どうしても……、弟では……なく……』

苦しい息を振り絞りそう言いかけ、最後まで言えずに、透輝は砂山が風に吹き散らされるように消滅していった。

弟ではなく、恋人になりたかった……。おそらくは、そう続けたかったのだろうと思う。

透輝がずっと琉黎を恋い慕っていたのだとしたら、琉黎が葦耶姫を愛した時も、きっと嫉妬の炎に悶え苦しんだのだろう。

霆穹皇は、人としての生を終え輪廻の輪に取り込まれた葦耶姫の魂が、転生しても違わず琉黎と再び巡り逢うことができれば封印が解けるようにしてやろうと言ったのだった。

でも、透輝はなぜかそれを、葦耶姫が岩室へ行き龍ヶ岩に触れさえすれば封印が解けると思い込んでしまった。それで、遠州の館から、密かに葦耶姫を連れ出したのだった。

透輝にとっては、嵐の中で葦耶姫が死んでしまっても、琉黎の封印さえ解ければかまわなかった。否、死んでくれた方がいいとさえ思っていたかもしれない。

でも、透輝の望んだようにことは運ばなかった。

封印は解けず、葦耶姫の魂は輪廻の渦に引き込まれてしまった。

それでもこの五百年間は、透輝にとっては幸せな時間だったのではないか、と凜久は思っていた。琉黎が封印されていた岩室の結界の中へ、ただひとり透輝だけが身の回りの世話をするという名目で霆穹皇から出入りを許されてきたのだという。

だとしたら、半睡状態の琉黎とではあっても、ふたりだけの時間を持つことができて、透輝はある意味満たされていたのに違いない。

だが、凜久の出現により、ついに琉黎の封印は解けてしまった。

琉黎が再び手の届かない存在となってしまった時、透輝の抑えきれない嫉妬は絶望となって暴発してしまったのだろう。

蛟の毒で琉黎の動きを封じ搦め捕ったら、透輝は自分の結界の中へ一緒に籠もってしまうつもりでいたらしい。

だが、そんな暴挙が霆穹皇に知られずにすむはずがない。すぐにも皇の知るところとなり、透輝の結界など砂上の楼閣よりも簡単に粉砕されてしまうに決まっていた。

透輝だって、厳しく罰せられることになる。

きっと透輝は何もかもすべて承知の上、覚悟を決めた上での決行だったのだと思う。

凜久は自分が閉じ込められていた、不気味に収縮する結界を思い出していた。

おそらく——。

透輝は凜久を殺し、自らも琉黎と無理心中しようとしていたのだろう。

「ここにいたのか」

凜久が振り向くと、瑠多が缶ビールを差し出していた。

「ありがと」

受け取り、よく冷えたビールを喉に流し込む。

「ああ、美味しい。帰ってきたって感じがする」

ふうっと息をついた凜久を見て、瑠多はうっすらと苦笑した。

「まったく、凜久にはいつもハラハラさせられてばっかりだ」

「ごめん……。涓青さんの具合はどう？」

「琉黎と蘇芳がついてる。もう大丈夫みたいだ。琉黎から霊力を補充できたおかげだな」

「ふうん。よかったじゃない」

ぼそりと呟いた凜久の横顔を、瑠多が揶揄するように覗き込んできた。

「なんだ、不満そうだな」

「べ、別に……、不満だなんて、そんなことないよ」

狼狽し、わざと怒ったように言い返して、凜久は残っていたビールをあおった。

隣で、瑠多が苦笑交じりに肩を竦めている。

琉黎が透輝を打ち破った後、凜久たちは涓青と蘇芳を連れて急ぎ東京へ戻った。

もちろん、凜久たち全員を乗せたレンタカーを、琉黎が抱えて飛んできたのである。

戻ってくるなり、琉黎は凜久をベッドへ引きずり込み散々に貪ってくれた。

でも――。

琉黎が凜久から直接霊力を補充したのは、涓青に分け与えるためだったのである。

神霊同士の霊力のやりとりに、さすがにセックスは介在しないらしい。だが、緊急避難的行為とはいえ、凜久にしてみれば少々複雑な心境だった。

「涓青さんが元気になるんなら、別にいいよ……」

複雑ではあっても、それは掛け値なしの本音でもある。

「……そんなことより」

言いかけて口を噤み、凜久は手すりに背中を預け夜空を見上げた。

月のない空に、疎らな星が瞬いている。

突然黙り込んだ凜久を、瑠多はただ静かに見守っていた。

ふうっとため息をついて、凜久はちらりと瑠多を見た。

涓青が言った『天龍の皇子に相応しい依り代』を見つけることができなければ、コチラ側に残ったとしても、琉黎の存在はひどく不安定なままなのだということが分かった。依り代を見つけられないまま水晶ヶ池の扉が閉じてしまったら、いずれは琉黎も涓青のように弱って、最悪消滅してしまうかもしれない――。

凜久の脳裏に、琉黎の腕の中で霧散し消えていった透輝の姿が浮かぶ。

絶対に、それは嫌だ。何があっても、それだけは避けなければならない。

だが、どうすればいいのだろう。

瑠多に相談してみたいが、やはり自分で解決しなければならないことだと思い直す。

「……福寿寺の住職の岩井さん、お祖父ちゃんの友達だったんだ」

「綾冶さんの？　そうか……そういう寺に、葦耶姫の墓があったというのは、やっぱり縁があったんだな」

「うん、僕もそう思う。岩井さん、子供の頃の僕のことも覚えてて。お祖父ちゃん、僕のこと、先祖返りの子だとか言って散々自慢してたらしいよ。親バカならぬジジバカ炸裂（さくれつ）って感じで、今さらながら恥ずかしかった」

「なるほど、先祖返りね……。綾冶さんは、そう思っていたのか。そうだろうな……」

「何、それ……。どういう意味？」

驚いて瑠多の方へ向き直った凜久の髪を、夜風が乱していった。

「風が出てきたな。中で話そうか」

リビングへ戻った瑠多を、凜久は慌てて追いかけた。

「綾冶さんはいつも、自分にもしものことがあったら凜久を頼む、と俺に言っていた。あの子は、葦原一族の中でも特別な子だから、なんとしても護ってやってほしいって」

リビングのソファで凜久と向き合うと、瑠多は過ぎた日を懐かしむように話し出した。

「瑠多が僕を育ててくれたのは、お祖父ちゃんに頼まれたからだったんだ……」

「葦原本家の人たちは皆凡庸で、誰ひとり凜久の素質を見抜けなかった。そんな人たちに大切な凜久を任せることはできない、と俺も思っていたから、綾冶さんに頼まれなくても、万が一の時はそうするつもりだった」

なんだか、照れくさくて頰が熱くなってしまう。

「瑠多までやめてよ。特別な子だとか……。素質だとか、いくらなんでも、さすがにそれは買い被りすぎだよ」

「そんなことないさ。耀亮(ようすけ)さんだって、この子は絶対に俺を超えるって喜んでいたんだ」

「えー……。父さんまで……？　でも、そんな話、今まで一度もしてくれたことなかったじゃない」

「凜久が天狗(てんぐ)になると困るからな」

「天狗って……、何それ……」

ムッとした凜久に、瑠多はくすりと笑った。

「冗談だよ。いずれ時期が来たら、話そうと思っていたんだ」

居住まいを正すように、瑠多は組んでいた足を下ろし凜久を見た。

「これは、俺が爾示から聞いた話だ」

不意に改まった瑠多の表情に、凜久も気持ちを引き締め聞き入った。

「葦原家が、平安時代から続く陰陽師の家系だということは知ってるな」

「お祖父ちゃんから聞いた。でも、陰陽師っていっても、朝廷に仕えてたんじゃなくて、民間の祈禱師みたいなものだったって」

瑠多は静かにうなずいた。

「陰陽師として有名な安倍晴明は、母親が白狐だったという伝説があるが……。葦原一族の祖先には、禍津日神の穢れを祓う直毘神の血が入っているという伝承がある」

禍津日神とは、災厄をもたらす神。直毘神はその穢れを祓い、禍を直す神とされている。

緊張して聞いていた凜久は、ちょっとガクッとしてしまった。

安倍晴明の母親の話に勝るとも劣らない荒唐無稽さに、正直、呆れてしまう。

「……まさか」と、凜久は笑った。

「直毘神の血筋ってことは、神様の血を引いてるってことだよ？　あり得ないでしょ」

「まあ、言い伝えだからな。でも俺は、あながち嘘ではないと思ってる」

「……ええ？　どうして？」

「どうしてと言われても困るが、俺は人ではないからな。人の、人ならざる部分には敏感に反応するところがある」

「人の、人ならざる部分……」

「そうだ。爾示もそうだった。人とは思えないとても強い力を持っていて、だからこそ、俺のことも一目で見抜いた」

瑠多のソウルメイトでもある爾示は、一族の中でも特に優れた能力者であったらしい、とは、凜久も祖父や父から聞かされていた。

「だが、どんなに優れた血筋でも、代を重ねるごとに薄れ拡散していく。だから、本家の現当主のように、プライドばかり高くて、力はそれほどでもない凡庸な者も出てくることになる」

「相変わらず、本家の悠歆さんのことになると、きっついよなあ……」

凜久はつい吹き出してしまった。

なぜか、本家の人たちと凜久の祖父や父は折り合いが悪く、その影響を受けてのことなのか、瑠多も悠歆のことを嫌っていた。

もっとも、向こうもこちらのことを毛嫌いしているようだから、お互い様なのだが――。

「でも、だからといって、遠い祖先の血の痕跡が消えてなくなってしまうわけじゃない。

連綿と受け継がれてきたものが、突然、色濃く表に出てくることがある。それが先祖返りだ。爾示もそうだった。

「瑠多は、僕もそうだった」

「綾冶さんや耀亮さんは先祖返りだと考えたようだが、俺は少し違う気がすると思ってた。凛久が葦耶姫の生まれ変わりだと知って、やっと腑に落ちたというか納得した」

怪訝な顔で首を傾げた凛久に、瑠多はさらりと「相乗効果だよ」と言った。

「分かんないよ。どういう意味？」

「五百年前、琉黎と葦耶姫は命がけで愛し合った。琉黎は天龍の皇子で、神霊のサラブレッドとでもいうべき存在だ。その琉黎が、葦耶姫の魂に深く刻みつけた痕跡。それが、凛久の中に流れる葦原の祖先の血に反応したんだろう。二つの絆は糾える縄のように一つになって、凛久に卓越した力をもたらした。そういうことだったんだ、と俺は思ってる」

「二つの絆……か……。……そうか……！」

涼やかな風が吹いて霧が晴れるように、凛久の中で不意に明瞭になったものがあった。探していたパズルのピースを、ついに手に入れた気分だった。

「瑠多、話してくれてありがとう」

晴れ晴れとした笑みを浮かべた凛久に、瑠多は「どういたしまして……」と戯けるように返してきた。

聡明(そうめい)で、洞察力に優れた瑠多のこと。おそらくは凜久の決意を察しているだろうに、余計なことは一切言わなかった。

それを、凜久は自分と琉黎への、瑠多の信頼の証(あかし)だと受け取った。

「ありがとう」

もう一度心からそう言うと、凜久はリビングを出て琉黎のもとへ急いだ。


凜久が自室へ戻ると、琉黎はベッドの上で長々と寛(くつろ)いでいた。

いつの間にか、すっかり見馴れてしまった光景に、凜久はこっそり苦笑した。

「涓青さんに、ついててあげなくていいの？」

「蘇芳が一緒にいるから問題ない」

うなずいて、凜久は琉黎の傍らに腰かけた。

「これから、涓青さんと蘇芳はどうするのかな。まさか、あのふたりもずっとここにいるとか言わないよね？」

それならそれでもいいけど、と思いながら訊いた凜久に、琉黎はあっさり首を振った。

「いや、涓青の体調が戻り次第、蘇芳を連れてアチラ側へ戻ることになる。水晶ヶ池の扉が閉まってしまう前にな」

「琉黎は？　琉黎はどうするの？　一緒に戻るつもりなの？」

「そうだな……」

思い迷うように言った琉黎の続く言葉を遮るように、凜久は唇を押しつけた。

驚きに見開かれた琉黎の双眸を、真っ直ぐに見つめ告げる。

「行かせない。僕を置いて、どこにも行かないで」

「……凜久」

「涓青さんに言われたんだ。琉黎と添い遂げる覚悟があるなら、天龍の皇子に相応しい依り代をみつけろって。もちろん、覚悟はある。だから、僕が琉黎の依り代になる」

「それはダメだ」

にべもなく否定され、凜久は少なからず傷ついた。

「……どうして。琉黎は、依り代が僕じゃ不足だって言うの？」

「そんなことはない。そんなことはないが、ダメだ」

「でも、葦耶姫はよかったんだよね」

言っている意味が分からないというように、琉黎は形のよい眉を寄せた。

「霆穹皇に葦耶姫を后にしたいと願い出て、それで不興を買って琉黎は封印されたんだよね。后にするってことは、依り代にしたいってことじゃないの？　葦耶姫は依り代にしたかったけど、僕じゃ不満なんだ」

「……そんなことはない、と言っている」

苦しげに否定する琉黎に、凜久は食ってかかった。

「言ったも同然だよ！　やっぱり、僕のことは霊力の補充に利用してただけなんだ」

「それは違う」

「琉黎！」と、凜久は癇癪を起こし怒鳴った。

「ダメだとか違うとか言ってないで、分かるようにちゃんと説明しろよ」

「五百年前のわたしは、恋に目が眩み、後先考えることができなくなっていた。わたしの短慮と我が儘が、姫の命を奪ってしまった。同じ轍を踏むことはできない」

「だったら、どうして僕のところへ来たの？　封印が解けたら、そのまますぐにアッチへ帰ればよかったじゃないか。それを、いきなり押しかけてきて忘れたのかと責めたり、思い出せって言ったり……。散々僕を振り回したくせに、今さら、なんなんだよ……」

不覚にも涙が滲んでしまい、凜久はきつく唇を噛んだ。

「悪かった」と、琉黎は深い息をついた。

「わたしは、わたしに残された最期の時を、どうしても姫とともに過ごしたかったのだ」

「何それ……。残された最期の時って、どういう意味？」

観念したように目を伏せると、琉黎は淡々と語り始めた。

「生まれ変わった葦耶姫ともう一度巡り逢えれば、封印は自ずと解けるようにしてやろう、と父上は言った。天龍の皇ではなく、父として、精いっぱいの恩情をかけてくれたのだとわたしは思っている。だが、封印が解けたからといって、わたしの罪が赦されたわけではない。わたしが存在していられるのは、封印が解けた時からひと月の間だけだ」

ぎょっと青ざめ、凜久は琉黎を見た。

封印が解けたのだから、てっきり琉黎は無罪放免になったのだとばかり思っていた。

「ひと月経ったら、わたしは消滅する。それが、父上の定めた沙漏の軛だ」

愕然(がくぜん)として、凜久は慌てて壁のカレンダーへ目をやった。

「あと二日しかない……。二日しかないじゃないか！」

「大丈夫だ。もう、沙漏の軛は解けた。凜久のおかげだ」

「えっ……」

「沙漏の軛から逃れるには二つ方法がある。一つは、封印が解けた後、直ちに父上のもとへ戻り、罪を認め悔い改めることを誓い、ひたすらに赦しを請う。さすれば、大赦を得られるやもしれぬ。もう一つは、沙漏の軛が発効する前に、わたしが姫の心を取り戻すこと。凜久が姫の記憶を取り戻し、なおかつわたしと再び想い合うことができれば、その時こそ、わたしはすべての枷(かせ)から放たれ真の自由を手にすることができる」

「それじゃ……」

琉黎は静かにうなずいた。

「昨日、凜久の吹く笛が、尽きかけていたわたしの沙漏をひっくり返し、重い軛から解き放ってくれた」

凜久の脳裏に、眩いばかりに燦然と光り耀いていた琉黎の姿が蘇った。

では、あの時――。

「封印が解けてすぐ、凜久に葦耶姫の記憶が残っていないと知った涓青は、一刻も早く父上のもとへ出頭して赦しを請うようにとわたしを説得した。わたしは、それだけはできないと言った。そんなことをしたら、命を賭してわたしの想いに応えてくれた姫に顔向けできないではないか。それよりも、たとえ限られた時間であっても、凜久とともにありたいと望んだ」

「……琉黎。そんな大事なこと、どうして話してくれなかったんだよ……」

「話せば、凜久が辛くなる」

さらさらと落ち続ける命の砂時計の砂が、日々残り少なくなる気配を感じながら、琉黎はどんな気持ちで凜久を見つめていたのかと思うと切なくて胸が痛かった。

「そんな顔をするな」と、琉黎はばつが悪そうに言った。

「わたしは、何か切っかけさえあれば、凜久の記憶は必ず蘇ると信じていた。そのための呼び水となればと願い、凜久が嫌がっているのを承知で『姫』と呼び続けた」

そうだったのか、と目を見開いた凜久に、琉黎は頭を下げてくれた。

「嫌な思いをさせて悪かった」

「もういいよ……。琉黎は、今ここに僕と一緒にいる。それが一番大事なんだから」

「確かに、沙漏の軛からは解放された。だが、わたしが追放の身であることに変わりはない。そんなわたしの依り代になったりすれば、凜久の身にも何か障りが出ないとも限らない。だから……」

案じるように言い淀(よど)んだ琉黎に、凜久はにっこりと微笑んだ。

「僕を誰だと思ってるんだよ。僕は祓魔師だよ。琉黎に仇(あだ)なすものは、片っ端から祓ってあげる。だから、何も心配しなくて大丈夫だよ」

「……それは、頼もしいな」

「でしょ？　永久の封印が解けて、沙漏の軛からも解放された。琉黎の父上が課したハードルを、僕たちは二つともクリアしたんだよ。さすがにもう、僕たちのことを赦すしかないと思ってくれるんじゃないかな。多分、それが分かってるから、涓青さんも依り代のことを僕に話してくれたんだと思う」

「依り代になるということがどんなことか、分かって言っているのか？」

決意を込めて、凜久はうなずいた。

「わたしを、その身に棲まわせる。人でありながら、異界に染まる。つまりは、わたしと交わるということだぞ」

「琉黎を失わずにすむなら、僕はどんなことでもする」

「人型ではない、龍体のままのわたしと交わるんだぞ」

さすがに、凜久はちょっとだけ怯んだ。軽々と車を抱えて飛べるほど長大な龍に挑まれたら、凜久の身体は裂けてしまうどころではないだろう。

「……大きさくらいは、僕に合わせてくれるよね」

「一度繋がってしまったら、まるまる一昼夜、離れることはできない。無理に引き離そうとすると、内臓がズタズタに傷ついてしまうだろう」

「そんなふうに脅かしても無駄だよ。それに、琉黎が僕以外のものを依り代にするなんて、絶対に嫌だ。そっちの方がずっと耐えられない」

難しい顔で唇を引き結び、琉黎はなおもためらうように凜久を見ていたが、やおらベッドから下りると凜久の机の上のノートパソコンを起動した。

何を始めたのかと訝しむ凜久の前で、琉黎はいつの間にか馴れた手つきでキーボードを操り何か検索している。

「龍神の一族は、蛇神の一族と近い。生殖器や性交も似ている」

まるで生物学の講義でもするような口調で説明すると、琉黎は凜久に検索した画像を見せた。映し出されていたのは、蛇神ならぬ蛇の生殖器の画像だった。

びっしりと棘(とげ)に覆われたペニスが一対、つまり二本生えている。二本のペニスは、根元のところで一つに繋がっているようだった。元々は一本だった物が、二本に分かれたというようにも見える。どちらにしても、それは異形としか言いようのない代物だった。

声もなく目を瞠り、凜久はごくりと唾を飲み込んだ。

こんなものを挿入されて、本当に大丈夫だろうか。それでなくても、本来男の身体はペニスを受け入れるようにはできていない。

さすがに青ざめてしまった凜久に、琉黎は淡々と話し続けた。

「棘は下向きに生えているから、一度結合したら無理に引き出すことは不可能だ」

「……これ……、二本とも挿れる…の……？」

「光は、常に闇から生まれる。闇のような行いの裏に、光のような働きが隠されていることもある。陰と陽、光と影は、常に表裏一体。遍くすべてをその身に取り込み、天と地を自在に行き来する存在。それが天龍だ」

人間の男にも抱かれたことがないのに、こんな異様なものを二本も受け入れるなんて、本当にできるだろうか――。

黙り込んだ凜久を宥めるように、琉黎は静かな口調で続けた。

「分かっただろう。無理をすることはない。わたしは……」

「無理なんかしてない。……僕は、琉黎と一つになりたい」

怖じ気づいていないと言ったら、嘘になる。

でも、琉黎をコチラ側の世界に繋ぎ止めるためには、どうしても乗り越えなくてはならない、これが本当に最後のハードルなのだとしたら飛び越えるしかない。

琉黎の言葉を遮って叫んだ凛久を、琉黎が真剣な面持ちで見つめ返してきた。

ラピスラズリの双眸に、不思議な光が浮かんでいる。

「本当に……？　これを見ても、本当にそう思うのか？」

「琉黎が好きなんだ。好きだから一つになりたいと思うのは、当然じゃないの？」

「凛久……」

「琉黎は、僕を自分だけのものに繋ぎ止めておきたいと思ってくれないの？」

見開かれた凛久の目から、すーっと涙がこぼれ落ちた。

「僕は、琉黎を誰にも渡したくない。琉黎は、僕だけのものだ」

「分かった」

静かに、重々しい声で答えると、琉黎は腕を伸ばし凛久を抱き寄せた。

「もう逃がさぬ。凛久はわたしだけのものだ」

「……嬉しい」

逞しい胸にもたれかかり、凛久はうっとりと微笑んでいた。

仄かに真珠色の輝きを放つ結界の中に、凜久は琉黎と籠もっていた。

まだ人型のままの琉黎に腕枕をされ、惜しげもなく裸身を晒している。

暑くもなく寒くもなく、でもどこからか涼やかな風が吹いてくる。その風に乗って、微かに甘い匂いが香っていた。

これまでも琉黎の霊力補充のために、何度も身体を重ねてきたが、いつも凜久が一方的にいかされるばかりだった。

今度は、凜久が琉黎の依り代となるために、琉黎をこの身に受け入れるのだと思うと、やはり緊張感から身体が強張ってしまう。

覚悟を決め、固く目を閉じた凜久の額に、ひんやりとした琉黎の唇が恭しく押しつけられた。唇は額からこめかみへ移り、頬を掠めて唇を啄んだ。

「……凜久」

囁くように呼ばれ、凜久が唇を開くと、厚みのある舌がするりと入り込んできた。

舌先で互いの舌を愛撫するように探り合う。角度を変え、隙間もないほどに唇を繋ぎ、貪るように口づけていると、凜久の体温は少しずつ上昇し始める。

でも、琉黎の身体はひんやりと冷たいまま――。

琉黎と身体を重ねるようになった最初の頃は、自分だけが昂ぶらされているようで、それがとても恥ずかしくて嫌だったし哀しかった。

でも、今では、口づけが熱を帯びるにつれ、琉黎の呼吸が荒くなっていくのが分かるようになった。折り重なった胸の奥から、破裂しそうなほど烈しい鼓動が伝わってくる。

琉黎も凜久と同じように昂ぶっているのだと思うと、胸がふるえるようになっていた。

名残惜しげに口づけを解くと、琉黎の唇は喉元から滑るように鎖骨へ移動した。

浮き上がった鎖骨に牙を立てられ、凜久は思わず仰け反った。

琉黎の犬歯が、いつの間にか牙状に尖っていて、それで鎖骨を甘噛みしている。

無防備に晒した喉元や耳朶を甘く食まれ、耳の後ろをねっとりと舐められた。

それだけで、背筋がゾクゾクして息が乱れてしまう。

少しずつ、少しずつ、凜久の身体から強張りが抜け落ちていく。

指先で乳首を捏ねながら、身体をずらした琉黎が、緊張に負けずおずおずと頭を擡げ始めた凜久を口に含んだ。くびれの部分を唇で刺激され、先端を舌先で突かれる。

「んっ……」

思わず浮かした腰の後ろへ、琉黎の手がするりと入り込んだ。つぷ、と指先を埋め込まれ、凜久は初めての感覚にハッと身を固くした。

『怖がらなくていい』

頭に直接響いた囁きに、目を閉じたまま小さくうなずく。

琉黎は少し力を失ってしまった凜久をあやすように愛撫しながら、凜久の内奥を丁寧に解し始めていた。

　舌先で入り口をたっぷりと濡らされ、奥深くまで指を入れられる。

　粘膜を押し広げるように体内をかき回されると、腰の奥がじんわりと熱を持ち始めた。

　初めは一本だったはずの指が、いつの間にか二本になり、しかも少しずつ太く長くなっていくのが分かる。

　気がつくと、かなりの太さの指を含まされていた。入り口から奥の方まで入念に広げられながら、もう片方の手で会陰から先端までやんわりと撫で上げられた。

　緩急をつけた巧みな愛撫に、凜久はガクガクと腰を揺らし身悶えた。

「琉黎、もういい……、もういいから……」

　このままではいってしまうと訴えると、「好きなだけいけばいい」と返された。

「……そん……な……。あっ、あぁっ……」

　極みの縁でなんとか踏み留まろうとしたが、結局、凜久はひとり達してしまった。

　余韻に喘ぐ凜久を、琉黎はさらなる高見へと誘った。

　舌先で凜久の先端を刺激しながら、一方では内奥を尚いっそう蕩かせていく。

　蜜口を舌先で抉られ吸われると、腰から背中にかけてゾクゾクとふるえが走った。

　二度、三度と極みの縁に立たされ、頭の中に霞がかかったようにぼうっとし始めていた。

　それでも、琉黎の前戯はまだ終わらなかった。凜久の両脚を大きく開かせると、指を使って充分に広げたところを、今度は舌を使って濡らし始めた。

入り口ばかりか、奥の方まで入り込んできた舌が、軟体動物のように凜久の粘膜を濡らしながらかき回している。

鼻にかかった甘ったるい声を洩（も）らし、凜久はもう何度目か分からない頂点に達した。

脱力し、朦朧（もうろう）とした凜久の耳元で、琉黎がこの上なく優しく囁いた。

「始めようか……」

「……えっ……？」

ぼんやりと目を開けた凜久の唇に啄むように口づけて、琉黎は凜久の膝裏に手を当て腰が浮くほど大きく開かせた。

両脚の間に割り込んできた琉黎の下半身が、いつの間にか龍体となっていることに気づき、凜久は微かに身をふるわせた。

『大丈夫だ。怖がらなくていい……』

頭の中に、琉黎の声が直接響いてきた次の瞬間、後孔にあり得ない刺激を感じ、凜久は閉じていた目を愕然と見開いた。

何かとてつもなく長大なものが、入り口の粘膜を捲（めく）り上げるようにして入ってくる。

「うっ……あーっ、あっ、あっ、あーーっ」

喉奥から、堪えようもなく絶叫がほとばしっていた。

あれほど丁寧に琉黎が解し広げてくれたのに、身体が裂けるような鋭痛が脳天まで走る。

「い……痛……い……、いた……い……ぃ……」

苦痛を訴える凜久の気を紛らわせるように、琉黎が乳首を口に含んで愛撫してくれる。

『もう少しだ。もう少し、堪えてくれ……』

はあ、はあと肩で息をしながら、凜久は辛うじてうなずいた。自分は覚悟を持って、琉黎と契りを結ぼうとしているのだという意識は失っていなかった。

それでも、無意識に逃げを打とうとする身体を、琉黎の腕がしっかりと抱きしめる。

そのまま琉黎は、様子を窺うように動きを止めた。

喘ぎに乾いた唇に口づけ、額に貼(は)りついた髪を優しくかき上げてくれる。

相変わらず強烈な違和感は消えていなかったが、最初に感じた痛みは薄らいでいた。

詰めていた息をそっと吐き出し、凜久が強張った身体から力を抜こうとした時、すでに限界まで押し開かれた後孔に、琉黎の指が入り込んでくるのが分かった。

「……えっ……」

「まだ、一本しか入っていない」

告げられた事実に息を呑み、凜久は琉黎を見つめた。

凜久の脳裏に、琉黎の言葉が蘇っていた。

『……光は、常に闇から生まれる。闇のような行いの裏に、光のような働きが隠されていることもある。陰と陽、光と影は、常に表裏一体。遍くすべてをその身に取り込み、天と地を自在に行き来する存在。それが天龍だ……』

二本あるペニスのうち、どちらが光で、どちらが影なのか——。

果たして、今、凜久の体内に入り込んでいるのは、陰陽どちらなのだろう。

「まだ、今なら引き返せる」

遍くすべてをその身に取り込み、と、凜久は胸の裡で繰り返した。

そして、琉黎の双眸を見つめ、凜久は静かにかぶりを振った。

「いいのか、本当に……」

「琉黎は、僕だけのものだ。誰にも渡さない」

決意を込めた答えに、琉黎の目が愛しげに細められた。

「ありがとう……」

そう言って額に口づけを落としながら、琉黎は差し込んだ指で、すでに拡張されきった凜久の後孔の入り口をさらに押し開き再び身を進めてきた。

「あっ、あぁっ、ぅあーーーーっ」

どんなに決意を固めようとも、痛くて苦しくて息が詰まり、我慢しようと思う前に悲鳴がほとばしり出てしまう。

泣き喚（わめ）くような凜久の悲鳴に、琉黎の動きが止まった。

「やめ…ない……で……。だい…じょぶ…だ…から……」

苦悶に呻きながらも必死に言うと、覚悟を決めたように、琉黎がグッと腰を入れた。

すると、龍体化した琉黎の鱗に、力を失いかけていた凜久自身をざらりと擦り上げられ、強烈な快感が走った。

「うっぁあっ……、はっあぁっ……」

思わず腰を浮かしたタイミングを計るように、琉黎はすべてを凜久の中へと納めていた。

全部、入った――。

ホッと息をつこうとした次の瞬間、凜久は雷に打たれたように目を見開き悲鳴をあげた。

「ひっ……ひぃーーっ……！」

琉黎を押し包んだ粘膜に、無数の棘が刺さっていた。棘は前立腺にも容赦なく突き刺さり、凜久に狂いそうなほどの愉悦を与えている。

泣き咽ぶような悲鳴をあげて身悶えながら、凜久は水から出された魚のようにビクビクと全身をふるわせた。

息もできないような凄まじい快感に、頭の芯がどろどろと溶け出していく気がする。

箍が外れたようにひぃひぃとよがり泣き、縋りついた琉黎の背中に爪を立てた。

ゆっくりと琉黎が身体を揺すった。そのたびに、無数の棘に前立腺をいたぶられ、凜久は狂いそうな快感に痙攣し啜り泣いた。

両手足を突っ張らせ、必死に快感を逃がそうとするのだが、少しも効果がない。

目は見開いているはずなのにもはや何も見えず、凜久の先端からは白濁した液体がとろとろと溢れるように流れ出していた。裏筋まで張ってしまっていて、萎えることもできず、ただダラダラと体液を垂れ流している。

その蜜口を、琉黎の爪がこじった。

途端、背中から腰にかけて、双玉の裏側まで痺れるような快感が走った。

「舐めて……」と譫言のように口走る。

「いつもみたいに、奥まで舐めて……」

「舐めるより、もっとよくしてやろう」

言うなり、細く長く伸びた鋭い爪が、先端からツーッと入り込んできた。

隘路を進んだ爪の先が前立腺に辿り着いた途端、凜久は文字通り跳ね上がっていた。

「っ……、かはっ……くうぅぅっ……」

身体の内側で無数の棘に苛まれている前立腺を、今度は反対側から爪の先が突いている。

突き上げてきた凄まじい快感に居ても立ってもいられず、今にも身体が爆発してしまいそうだった。背中が弓なりに浮き上がり、爪先まで反り返っている。

とっくに極みに達しているのに、いきっぱなしになってしまって下りることもできない。

「あ、あ、あ、あ………、はぁっ、ふぅぅ……」

狂う、狂ってしまう――。

電流を流されたように全身をガクガクと痙攣させていた凛久は、不意に体内の琉黎がドクンと大きく脈打ったのを感じた。

仄かに真珠色の輝きを放っていたはずの結界の中が、一瞬にして、鼻をつままれても分からないような闇に暗転し閉ざされていた。

内壁を圧している琉黎の存在は確かに感じているのに、目の前にいるはずの琉黎の姿も見えない。恍惚に惚けていた意識が一気に覚醒し、凛久は無我夢中で、琉黎に縋りついた。

「……琉黎！　琉黎……！」

ひんやりと、滑らかな手触りに安堵の吐息が洩れる。

『凛久……』と、頭の中に直接、琉黎の声が響いてきて、喘ぎに乾いた唇を啄まれた。

浅く早い呼吸を繰り返していた凛久は、闇の奥に針の先で突いたほどの小さな光点が生じたのに気がついた。光は糸のように細い光跡を引きながら、闇を切り裂き凛久めがけて真っ直ぐに突き進んでくる。

小さな点に過ぎなかった光は、みるみるうちに大きく膨れあがり、やがて凛久の眼前で闇を駆逐するかのように音もなく破裂した。

微細な粒子となった光が、七色に煌めく渦となって凛久を包み込む。

きれいだ……と、うっとり微笑んだ瞬間、凛久は身体の奥深くで琉黎が弾けたのを感じた。無数の棘に傷つけられた粘膜に、大量の岩漿が叩きつけられ沁み入ってくる。

途端、えも言われぬエクスタシーに襲われ、凜久は仰け反り身悶えた。

「……んっ……、うっ、ふぁ……」

光の渦が消失し、凜久の中へすべてを放出し終えた琉黎は、いつの間にか完全な人型に戻っていた。まだ繋がったまま、添い寝するように背後から凜久を抱きしめている。

ゆっくりと、深海から浮かび上がるように、凜久に理性が戻ってきた。

「……終わったの？」

「ああ、終わった」

「ちゃんと、うまくいった？」

「もちろん」

琉黎の返事に微かな安堵の笑みを浮かべ、凜久は深い眠りの底へ滑り落ちていった。

目覚めると、凜久の背中に異変が起きていた。肩胛骨のところに、天使の羽のように一対の真珠色の鱗が現れたのである。

「これ、僕が依り代になった証？」

鏡に映して訊いた凜久に、琉黎は静かにうなずいた。

「そうだ。これで我らは、一蓮托生となった」

感慨と喜びを噛みしめるような琉黎の声は、凜久の胸に静謐な歓喜となって響いた。

「ありがとうございました」

今日最後の客を送り出すと、凜久はすぐに店をクローズして戸締まりをした。

エレベーターに駆け込むようにして部屋へ戻り、玄関ドアを開けた途端、瑠多得意のキーマカレーのいい匂いが漂ってきた。

「ただいま。琉黎は？」

「明日納入する分が、あと少しで完成するとか言ってた」

うなずいて、凜久はいそいそと琉黎の仕事部屋へ行った。

「ただいま」

振り向いた琉黎に飛びつくと首に腕を回し、軽く唇を合わせる。

「こら、濡れるぞ」

琉黎は凜久に触らないように、腕まくりした両腕を広げている。傍らには、ほぼ完成しているテラリウムが置かれていた。

「平気だよ。これ？　明日納入のって。きれいだね。こんなの作れるなんて、すごいね」

大きな水槽を覗き込んで感心している凜久の隣で、琉黎は得意げに笑っている。

契りの儀式から、すでに四ヶ月が経っていた。

あの後すぐ、涓青は蘇芳を連れてアチラ側へ戻っていった。

水晶ヶ池の扉は閉じてしまうが、まだコチラ側に残っている精霊たちもいる。その者たちのためにも、できれば細々とでもアチラ側との繋がりを残しておきたい。

涓青の願いに応え、琉黎は水晶ヶ池を模したテラリウムをこしらえた。

琉黎にそんな才能があるとは思いもしなかったが、今はもうない龍ヶ守神社や、琉黎が長く封じられていた岩室まで精密に再現されたテラリウムは、それは見事な物だった。

テラリウムには琉黎の霊力が込められていて、閉じてしまった水晶ヶ池の扉の代わりを為す物となった。そのテラリウムを凜久が店に飾ったところ、思いがけず、同じようなテラリウムがほしいという客が現れたのである。

琉黎の霊力が込められているせいで、テラリウムが置かれた周囲は常に清浄が保たれ、あたかも森林浴をしているかのような閑かな癒やしを感じることができた。

マルジャーリでテラリウムを見た客も、そんなヒーリング効果に惹かれたのだろう。求めに応じて、琉黎がテラリウムを作ったところ、今度はそれがSNSで紹介され、最近では個人ばかりでなく病院などからも依頼が入るようになっていた。

琉黎は正式に霆穹皇の許しを得て、依頼品のテラリウムと店のテラリウムとを繋げて作っていた。そうしておけば、蘇芳のような迷子の精霊が、琉黎を頼ってこられると――。

それを聞いて、いつ見知らぬ精霊が突然現れるかもしれないと、凜久は少しだけドキドキしてしまった。今のところ、まだ予期せぬ訪問者は現れていないが——。

霆穹皇が、テラリウムに琉黎の霊力を込めることを許可してくれたと知った時、凜久は自分たちのことも赦された気がした。同時に、棲む世界は違ってしまっても、霆穹皇と琉黎の絆は切れていないのだと安堵し嬉しく思った。

こうして天龍の皇子である琉黎は、思いがけず人間界でテラリウム作家となった。

もちろん、凜久が祓いの仕事に出かける時は、瑠多とともに琉黎も同行してくれる。

というより、琉黎が運んでくれるのが、いつの間にか当たり前になってしまっていた。

「琉黎は後悔してない？　霆穹皇陛下のところへ戻れば、天龍の皇子として生きることもできたかもしれないのに」

「凜久のいるところが、わたしの生きる場所だ。凜久こそ、後悔はないのか」

するりと、凜久の背中の鱗を撫でながら琉黎が訊いた。

「後悔なんか、するわけないじゃない。五百年越しで、宿命の理をついに成就させたんだよ。琉黎は、誰にも渡さない。僕たちは、来世も再来世も一蓮托生、ずっとずっと一緒なんだからね」

嬉しげに微笑んだ琉黎の唇に、凜久はもう一度自分から口づけていた。


（了）

月を追いかけて

「今晩、何食べようかな。昨日のうちに、買い物に行っておけばよかった」

冷蔵庫を開け、凜久は夕飯の献立に悩んでいた。

猫魈の集会が深夜にあるとかで、瑠多は昼過ぎから出かけてしまった。猫には、夜、集会を開く習性があるが、猫魈になってもどうやらそれは変わらないらしい。

集会について、瑠多は詳しくは語らない。でも、この近辺に猫魈が多くいるとは思えないから、きっと猫魈たちはかなり広範囲から集まるのだろうと想像している。

そんなことより、今夜は琉黎とふたりきりだと思うと、なんだかそわそわしてしまう。せっかくだから何かご馳走を作りたいと思ったのに、このところの雨続きで買い物をさぼったせいで冷蔵庫にはたいした食材が入っていなかった。

そこへ、仕事を終えたらしい琉黎がやってきた。

「ねえ、雨だけど、夕飯は外へ食事に行かない？」

「凜久がそうしたいなら、わたしはかまわない」

「じゃ、決まりだね。何食べに行こうか。着替えてくるから、ちょっと待ってて」

弾んだ声で返事をして、凜久はいそいそとキッチンを出た。

雲が垂れ込め小雨の降りしきる夜空を、真珠色の龍が翼を広げて飛んでいた。

凜久は琉黎の腕に抱かれ、雨に霞む街灯りを眺めていた。

龍体となった琉黎の腕は鱗に覆われ、手には鋭い爪が生えているが、凜久を決して傷つけないよう細心の注意を払ってくれているので、抱かれ心地はとてもよかった。

琉黎が張った結界のおかげで、雨に濡れる心配もない。

夕食は外食にしようと誘った凜久は、ちょっとおしゃれなレストランかワインバーへ行くつもりだったのだが、琉黎の考えは違ったらしい。連れ立ってマンションを出ようとした凜久を、半ば攫うようにして夜空へと翼を広げた。

琉黎は海岸沿いを、北へ向かって飛んでいるようだった。

どこへ行くのかと訊きかけて、どこでもいいと凜久は思い直した。

琉黎とふたり、夜空を渡っていられるだけでいい――。

「なんか、久しぶりだね」

遙かな昔、まだ凜久が葦耶姫だった頃、夜な夜な館を訪れる琉黎に抱えられ、こんなふうに夜空を飛んで逢瀬を楽しんだ――。

『昔は、琵琶湖の上を飛ぶのが好きだったな』

「漣が月の光にきらきら光って、すごくきれいだったんだ。今日は、雨だから月が見えなくて残念だね」

『もうじき見える』

琉黎が結界の厚みを調節してくれたらしく、凜久の頬を涼やかな夜風が撫でていった。

雨は、いつの間にか止んでいた。

『ほら……』と琉黎に促され、海の方へ顔を向けた凜久は目を瞠った。

水平線から、赤く染まった満月が顔を出していた。

「今夜は、ストロベリームーンだったんだ」

『……ストロベリームーン？　なんだ、それは……』

「夏至に一番近い満月は赤く見えるから、ストロベリームーンっていうんだよ」

本来、光は七色だが、空気の層を通って伝わるうちにどんどん散乱してしまい、最後は波長の長い赤だけが残される。夏至の頃は、太陽と月の距離が一番遠くなるので、届く光の色が赤だけとなり月を赤く染めるのである。

「ねえ、琉黎、あの浜へ下りられる？」

『もちろん』

低く優しい声が頭に響いた次の瞬間、凜久はもう琉黎と並んで波打ち際に立っていた。

「きれいだね」

砂浜に腰を下ろした琉黎の胸にもたれかかり、凜久はうっとりと呟いた。

「恋人同士でストロベリームーンを見ると、永遠に結ばれるって言われてるんだよ」

「別に赤い月など見なくとも、わたしと凜久は宿命の理で結ばれているではないか」

凜久の背中にある一対の鱗をするりと撫でて、琉黎が愛しげに囁く。

「……もう、ロマンチックじゃないんだから」

尖らせた凜久の唇に、琉黎のひんやりした唇が静かに重なってきた。

舌と舌を絡ませ、睦言を囁き合うように、角度を変えて何度も貪る。

次第に深まる口づけに、凜久は縋りつくように琉黎の背中をかき抱いた。

そんな凜久を気遣うように、でも少しだけ強引に琉黎が押し倒してきた。

「……ダメだよ、こんなところで……」

「結界が張ってあるから、誰にも見られる心配はない」

凜久の身体をまさぐり器用に服を脱がせながら、琉黎がしれっと囁く。

「ほん…とう……に……？」

されるがままになりながらも、凜久は喘ぐように確かめた。

「ああ、本当だ」

むき出された胸に口づけを落とし、琉黎が宥める。その声音に、いつにない性急さが滲んでいるように感じて、凜久は微かに微笑んだ。

ひんやりと冷たい琉黎の指先が、鳩尾から腰骨のラインをなぞっていく。

凜久が洩らした微かな喘ぎが、寄せては返す波の音に混じる。

五百年ぶりに琉黎と再会してから、もう数え切れないほど身体を重ねてきた。

琉黎の依り代になった時は、龍体のままの琉黎と交わった。あれはあれで強烈な体験だったが、それから後は人型の琉黎に抱かれている。

琉黎はいつもとても優しく、それでいてものすごく情熱的に凜久を翻弄する。

おかげで凜久の身体は、琉黎の指先一つで燃え上がり潤うようになってしまっていた。

やがて、熱い粘膜をかき分けるように、ひんやりと猛々しい琉黎が押し入ってきた。

互いの温度差を感じるのはほんの一瞬で、いつもすぐに分からなくなってしまう。

触れあう素肌の感触と、身体の中で散る無数の火花が理性を蹴散らしていく。

潮の香りが鼻孔を刺激し、伸ばした手に夜気に湿った砂が触れる。シーツを握りしめるように、凜久は砂をかき乱し摑んだ。

いつの間にか、凜久の身体は琉黎を受け入れたまま砂浜を離れ宙に浮いていた。

あの、依り代の儀式の時に籠もったような、仄かな真珠色に輝く結界の中で、上下左右も判然としないまま絡み合い貪り合う。

琉黎の動きが荒々しくなるにつれ、身体の奥で琉黎が熱く膨れあがっていくのが分かる。

ドクンドクンと破裂しそうなほど激しく拍動しているのは、自分の心臓なのか、それとも受け入れた琉黎なのか。もうそれすら定かではなくなってしまった。

仰け反るように喉元を晒し、凜久はひたすら喘ぎ続けた。

「……んん、あっ、ああっ……りゅ、琉黎……りゅう……れい……っ」

身体の一番奥深いところで、琉黎が熱く弾けたのを感じた。ほぼ同時にすべてを解き放ち脱力した凜久の喘ぎに乾いた唇を、琉黎の口づけが優しく濡らしてくれる。

うっとりと目を開けた凜久に、琉黎がこの上もなく幸せそうに微笑みかけた——。

気がつくと、凜久は琉黎に肩を抱かれ、元通り砂浜に座っていた。

今のは、幻だったのだろうか。でも、汗ばんだ頬の火照りを、吹き抜ける海風が冷ましてくれている。何より、甘美な恍惚感に身も心も満たされきっていた。

いつの間にか月は中空へさしかかり、それとともに赤みも薄れてきたようだった。

「そういえば、ここ、どこ？」と、思い出したように訊くと、琉黎は首を傾げている。

「凜久と月を見たいと思って、月を追いかけて飛んできただけだ」

「ええ？　何それ……」

苦笑交じりにわざと顔をしかめ、凜久は砂を払いながら立ち上がった。

「琉黎と一緒なら、どこでもいいや。でも、僕はお腹が空いたよ。何か食べて帰ろうよ」

「そうしよう」

振り向きざまに琉黎に向かって差し伸べた手を取られた瞬間、凜久は琉黎とともに再び月の輝く夜空高く舞い上がっていた。

あとがき

こんにちは、そしてご無沙汰しています。高塔望生です。

久々の新刊は、ラルーナ文庫さんから出していただく初めての本となりました。

そして、そして――！　高塔望生史上、初のファンタジーです！

もちろん、ＢＬはすべてファンタジーなのですが、今回のお話はわたしとしてはかなり毛色が変わっていて、なんと天龍の皇子が登場しています。

こんなお話を書かせていただく時が来ようとは、自分自身、かなりびっくりしています。

とはいえ、実のところこのお話は、まだデビュー前に書いた習作が元になっています。

自分でもすっかり忘れていた天龍の皇子のお話を、担当さんとお会いして打ち合わせをした時に、ついうっかり話してしまったのは二年も前のことでした。

すると思いがけず、そのお話でいきましょうと言っていただき、戸惑いつつも喜び勇んで、早速、プロットに取りかかったのですが……。

すみません……。それからの道のりが、長すぎですよね。自分でも呆れてしまいます。

それでも、辛抱強く、気長におつきあいくださった担当さんのご尽力のおかげで、このたび、晴れて新刊発行に漕ぎ着けることができました。

本当に、いつもいつも、お手数ばかりおかけして申しわけありません。

でも今回のお話、わたしはとても気に入っています。できれば、脇役として登場する猫魈の瑠多のお話も書けたらいいなあ、と夢見ていたりします。

ご意見、ご感想など、編集部宛にお寄せいただければ嬉しく思います。

イラストは、ｄｅｎ先生にお願いすることができました。

キャララフやカバーラフをいただき、その美麗さにわくわく胸躍らせているところです。

お忙しい中、お引き受けいただき、ありがとうございました。

最後になりましたが、この本をお手にとってくださった皆様に、厚く御礼申し上げます。

執筆が亀の歩みより遅くなってしまいましたが、書きたい気持ちだけは失っていません。

今後とも高塔望生を、どうぞよろしくお願いいたします。

それでは、またきっとお目にかかれますように！

高塔望生

本作品は書き下ろしです。

この本を読んでのご意見・ご感想・ファンレターなどお待ちしております。〒111−0036 東京都台東区松が谷1−4−6−303 株式会社シーラボ「ラルーナ文庫編集部」気付でお送りください。

天龍皇子の妻恋

2018年2月7日 第1刷発行

著　　者｜高塔 望生

装丁・DTP｜萩原 七唱

発 行 人｜曺 仁警

発 行 所｜株式会社 シーラボ
〒111-0036 東京都台東区松が谷1-4-6-303
電話 03-5830-3474／FAX 03-5830-3574
http://lalunabunko.com

発　　売｜株式会社 三交社
〒110-0016 東京都台東区台東4-20-9 大仙柴田ビル2階
電話 03-5826-4424／FAX 03-5826-4425

印刷・製本｜中央精版印刷株式会社

ISBN978-4-87919-009-3